语·文·新·课·标·必·读·丛·书

YUWEN XINKEBIAO BIDU CONGSHU

绿野仙踪

[美] 鲍姆 著　丁芳 译

吉林美术出版社 | 全国百佳图书出版单位

前言

优越的生活环境犹如温暖的花室，孩子们在这里被悉心地照料、用心地呵护。但是，孩子们长大后能否勇敢坚强地去面对生活中的困难和问题呢？这正是家长和教育工作者们所担心的。为此，我们应注重培养孩子们面对挫折时临危不惧、迎难而上、坚韧不拔的精神，鼓励孩子们多读一些有益于身心发展的书籍，以开阔眼界、增长知识、领略不同的文化风采。

为此，我们精心编辑了这套《语文新课标名师推荐书目》，收录了《一千零一夜》《童年》《格列佛游记》《绿野仙踪》《会飞的教室》等各国名著，这些引人入胜的名著如同各国社会文化和时代生活的缩影，在属于自己的华丽舞台上演绎着不同的精彩。书中的主人公们以自己的艰险经历和执著信念，引领着小读者们感受生活，学会坚强，收获友谊，寻找幸福。我们还在书中精心加注了阅读指导，能够使孩子们在领略名著经典魅力的同时，更好地掌握写作知识，理解作品内容。

希望这套丛书能够成为孩子们成长道路上的良师益友！

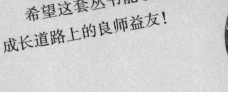

目录

第一章 堪萨斯的龙卷风

导语

　　小姑娘多萝茜原本和亨利叔叔、爱姆婶婶、小狗托托一起生活在堪萨斯的草原上。但是一场突如其来的龙卷风把小木屋里的多萝茜和托托刮走了。究竟多萝茜会被刮到什么地方去呢？她又会遇到什么事？

　　有一个美丽可爱的小女孩叫多萝茜，她和亨利叔叔、爱姆婶婶住在堪萨斯州大草原的中部。亨利叔叔是个憨厚老实的人，爱姆婶婶是他的妻子。这里的木材很缺乏，就连盖房屋的木材都要从好几里远的地方运过来，所以他们住的房子很小，也很简陋，只是由四面墙、屋顶和掉了色的地板组成。小木屋里也只有一个生满铁锈的炉子、一个被老鼠咬了个洞的碗橱、一张歪歪扭扭的桌子、三四把椅子和两张摇摇晃晃的床。亨利叔叔和爱姆婶婶睡的是屋角的那张大床，多萝茜则睡在另一个角落的小床上。小屋子里没有阁楼，也没有地下室，只在地板中间有一个小洞，一直通到地底下，是躲避龙卷风的地洞。每当龙卷风来的时候，他们就都要躲到地洞里。①堪萨斯的龙卷风凶猛又可怕，刮起来的时候，连地面上所有的房屋都会被吹倒。在地板上有一扇木门，可以活动，打开后有一架木梯，顺着木梯,就可以下到又黑又小的地洞里去了。

当多萝茜站在小房子前面,向四周眺望时,她只能看到灰色的大草原。草原宽阔平坦,没有一棵树,也没有一间小木屋,远远地看过去,草原一直延伸到天边。太阳火辣辣的,晒得刚翻过的地都裂开了。本来是绿色的草在太阳的暴晒下也变得灰蒙蒙的了。其实,多萝茜住的小木屋曾经刷过油漆,但经过太阳长时间的暴晒,木板都起了泡,连油漆也被雨水冲刷掉了,就变成了现在这种暗淡的灰色。

②爱姆婶婶刚嫁到这儿时,既年轻又漂亮。但是火辣的太阳和猛烈的风雨,让她变了模样。曾经那双水灵灵的大眼睛失去了昔日的光泽,变成暗淡的灰色了。她那红润的脸庞和嘴唇,也失去了原有的水润,像枯巴巴的叶子一样挂在脸上。爱姆婶婶现在已经变得消瘦憔悴,也不再微笑了,而是整天皱着眉头,一条条深深的皱纹就这样爬满了爱姆婶婶的额头。

当多萝茜刚到这里来的时候,爱姆婶婶曾因为她的笑声而惊呆了。爱姆婶婶不明白,为什么多萝茜这么爱笑。每次只要听到多萝茜的笑声,爱姆婶婶就会捂住胸口尖叫,她惊讶地看着多萝茜,不明白为什么多萝茜无论在哪里都能找到欢乐。天上眨眼的星星,地下爬着的虫子,甚至在龙卷风来时,屋子被风吹倒的"哗哗"声,都能让多萝茜咯咯地笑个不停。

③亨利叔叔的胡须长长的,一直垂到他粗糙的鞋子上,都是灰色的。有一次,他差点儿被自己的长胡子绊倒,当时被多萝茜看到了,她整整笑了三个下

午和两个早晨。亨利叔叔每天从早忙到晚,很少说话,显得稳重而又严肃。而他似乎也忘记了什么是欢乐,所以从来不大笑。

多萝茜和小狗托托最好。在周围一片灰蒙蒙中,托托居然不是灰色的,而是黑色的。它的长毛柔软光洁,鼻子又小又俏,一双乌溜溜的小眼睛快乐地眨着。多萝茜每天都和托托一起快乐地玩耍。

但是今天,多萝茜和托托没有心情玩耍了,因为他们看见亨利叔叔坐在门阶上,一脸忧愁地望着比平时更灰暗的天空。多萝茜把托托抱在臂弯里,站在门口,也望着那天空。爱姆婶婶一言不发地洗着盘子。

从遥远的北方传来了风的呼啸声,轰隆隆的就像从狮子喉咙里发出的吼声,他们看见草原上的草就像大海中的波涛一样起伏翻滚着。没过多久,从南方的高空中传来了风尖锐的呼啸声。

"爱姆,龙卷风来了!我去照顾家畜!"

亨利叔叔突然站了起来,大声地朝爱姆婶婶喊着,然后飞快地向栏舍跑了过去,他知道家里的牛和羊都在那儿。

爱姆婶婶也丢下正在刷的盘子,跑到了小木屋的门口,望了望远处的草原,知道一场巨大的龙卷风就要来了。她回过头冲多萝茜大声喊道:"多萝茜,快,快躲到地洞里去!"

就在这个时候,小狗托托突然从多萝茜的怀里跳了下来,在小屋里跑了几圈,便躲到床底下不出来了,多萝茜急忙追了过去,想要抓住这个捣蛋的小家伙。爱姆婶婶很害怕,飞快地打开地板上的活动门,哆嗦着顺着梯子,躲进了小地洞里。

多萝茜好不容易才抱住了托托。当她刚跑到屋子中央,也想跟着爱姆婶婶钻进小地洞里时,一阵呼呼的风声响起,屋子立即"咯吱、咯吱"地摇晃了起来。多萝茜站不稳了,跌倒在地板上。

发生了多么不可思议的事啊! 多萝茜惊讶地看着眼前正发生的一切——屋子转了两三圈,慢慢地飞向了空中。多萝茜觉得自己好像坐在了气球上,摇摇晃晃地飞了起来。

原来,小木屋这儿汇集了从南方和北方刮来的风,成了龙卷风的中心。周围强烈的风就这样一直托着小木屋在空中飞行,就像一根羽毛一样被吹向远方。

这时候的天空更加灰暗,厚厚的乌云连在一起,狂风在怒吼着。多萝茜坐在小木屋里,没有特别害怕。刚开始摇晃的时候,她还有些晕,但过了一会儿,她就觉得自己像是躺在摇篮里的婴儿,轻轻地、慢慢地摇晃着,感觉还算舒服。

但是托托可不喜欢这样摇晃的感觉,它不停地在小木屋里上蹿下跳,满屋子乱跑,惊恐不安地一直叫着。多萝茜却并不慌张,她一直安静地坐在地板上,想看看还会发生什么奇异的事情。

托托跑到了那扇打开的活动地板门旁边,一不小心就掉了下去。多萝茜以为托托就这样掉下去了,特别担心。可是,过了一会儿,她就看见托托的一只小耳朵出现在了洞口边儿上——巨大的空气浮力竟然托住了托托,它根本就掉不下去。④多萝茜连忙爬到洞口旁,一把揪住了托托的耳朵,把它拉回了屋子,然后紧紧地关上了地板上的活动门,以防再次发

④"爬到洞口""揪住耳朵""拉回屋子""关上地板门"等一系列动作描写看似平常,却在这种非正常的背景下烘托出奇特的氛围。

⑤"时间一小时一小时地过去",伴随着多萝茜从不害怕——十分孤寂——担心——平心静气的心理活动的转变,她也开始了神秘旅行,故事进一步展开。

绿野仙踪

生这样的危险。

　　⑤时间就这样一个小时又一个小时地过去了。多萝茜已经不再感到害怕，但是她开始觉得孤单了。小屋外面的旋风一直在咆哮，她的耳朵几乎都要震聋了。刚开始多萝茜还担心屋子会从空中掉下去，自己会摔得粉身碎骨，但过了这么久，也没有什么可怕的事情发生，多萝茜就放下心来。她静静地等待着，看看以后还会发生什么事情。后来，她累了，索性从摇摇晃晃的地板上爬起来，到自己的床上躺下，小托托也躺在了她的身旁。

　　小木屋还在不停地摇晃着，风也在不停地呼啸着，但多萝茜却闭上眼睛，很快就进入了梦乡。

阅读心得

　　多萝茜因为意外的龙卷风而即将展开一次奇妙的旅行。生活也时时带给我们意想不到的事情，无论等待我们的是好事还是坏事，请积极地面对吧。

第二章 芒琦金人

导语

多萝茜简直不敢相信自己的眼睛,为什么这里的人居然和自己差不多高,而且居然还有一个女巫?天啊,这到底是什么地方?多萝茜又将会遇到什么事呢?

多萝茜正迷迷糊糊地做着美梦,忽然被一阵剧烈的震动惊醒了。还好多萝茜是睡在柔软的床上,不然的话,这么强烈的震动一定会让她伤得不轻。①她屏住呼吸,想知道究竟发生了什么事情,小托托害怕地把冰凉的小鼻子凑到她脸前,不停地叫着。

多萝茜从小床上爬了起来,发现小木屋居然不再摇晃了,窗户外面阳光明媚,照得屋子里也亮亮的。多萝茜高兴地跳下了床,蹦跳着跑到门边,打开了破烂的木门,托托也紧紧地跟在她后面。多萝茜惊讶地看着四周美丽的风景。她的眼睛越瞪越大,简直看呆了。

原来,龙卷风把小木屋吹到了一个十分美丽的原野上。这片原野到处是碧绿的青草地,生机勃勃,还有一些大果树,上面挂满了香甜的水果。山坡上开满美丽的鲜花,可爱的鸟儿在林间歌唱。不远处,还

① 多萝茜"屏住呼吸"和托托"害怕得凑鼻子"两个动作描写,写出了震动的强烈和他们的恐惧。

绿野仙踪

有一条小河在绿色的斜坡上静静流淌,水声潺潺,好像是在讲悄悄话一样。阳光照在小河上,水面上波光闪耀。多萝茜看到眼前的一切,觉得很快乐,这可能是因为她在灰色的草原上生活了太久的缘故吧。

多萝茜怔怔地站在那儿,觉得欢喜,又有些迷惑,她欣赏着眼前这片绮丽的景色。这个时候从远处走过来一群人。这些人可能是多萝茜见过的最奇怪的人:他们比大人们要矮,但又不是小矮人,个子和多萝茜差不多高,尽管多萝茜已经比同龄的孩子高了,但看起来那些人要比多萝茜年纪大得多。

这几个人是三男一女,穿着很奇怪的衣服,戴着圆帽子,中间还有一个高高的尖顶,周围挂着一些小铃铛,一走动就叮叮当当地响,听起来很好听。三个男人戴的是蓝色的帽子,而那个女人戴的是雪白色的帽子。女人身上穿着一件白色的罩衣,两肩打着褶边,一直沿着胳膊垂下来,衣服上还嵌着许多小星星,就像一颗颗钻石在阳光下闪烁。三个男人都穿着蓝衣服,脚上的靴子擦得光亮,靴筒上还用深蓝色的布缝了一圈。这三个男人应该和亨利叔叔差不多年纪,因为他们中的两个人的胡子和亨利叔叔的是一样的。但那个女人看上去显然已经很老了,因为她的脸上都是皱纹,头发也差不多全白了,连走路也摇摇晃晃、一颤一颤的。

这几个人走到小木屋前就停下来了，看着多萝茜好像还有点儿害怕。②他们低头商量了一会儿，那个老婆婆走到了多萝茜的面前，慢慢地向她鞠了一躬，恭敬地说："高贵尊敬的女魔法师，欢迎您来到芒琦金人的土地，我们十分感谢您杀死了东方恶女巫，使这里的芒琦金人重新获得了自由。"

多萝茜觉得十分奇怪，这位老婆婆为什么叫她魔法师，还说她杀死了东方恶女巫？多萝茜还只是个纯洁的小女孩儿，她可从来没有杀过人，她只是被一阵龙卷风从堪萨斯吹到这里来的。

③但是老婆婆却一直站在多萝茜的面前，等着她说话，多萝茜实在没法再沉默下去了，只好结结巴巴地说：

"谢谢您！但是，我想您一定是弄错了什么事情，我根本不是什么魔法师，也没有杀过什么人。"

老婆婆和蔼地笑着说："那可能是你的小木屋干的，不管怎样，你看，"她指了指房子的一角，接着说，

②老婆婆的话构成了一个悬念，吸引读者读下去并与多萝茜一起弄明白怎么回事。

③通过对老婆婆语言和动作等的描写，可以看出老婆婆冷静、和蔼、善良的性格。

④从对老婆婆的语言描写中使读者和多萝茜了解了接下来会遇见的一些人，为下文作好铺垫。

"恶女巫的那两只脚还在木板外呢。"

多萝茜顺着老婆婆手指的方向看去,惊叫了一声,房子的大横木下真的压着两只脚,脚上面还穿着一双银鞋子。"哦,天哪!"多萝茜吓得握紧了双手,"一定是房子落下的时候把她压住了,这可怎么办?"

老婆婆非常冷静地说:"没关系,我们什么都不用做。"

多萝茜问:"可是这个人到底是谁啊?"

④"她就是我刚才说的那个东方恶女巫,这么久以来,她一直欺压着芒琦金的人民,她逼着人民日日夜夜为她做事。现在他们终于重新获得了自由,所以真的要好好地谢谢你。"

多萝茜还是有些疑问,又问道:"芒琦金人是什么样的人啊?"

"他们一直生活在这片东方的土地上,但却一直受到恶女巫的欺压。"

多萝茜问:"那您也是芒琦金人吗?"

"不,我不是,我住在北方,是北方女巫。而芒琦金人都是我的好朋友。芒琦金人看到东方恶女巫死了都非常高兴,就找了一个飞毛腿来告诉我这个消息,所以我马上就赶过来了。"

"天哪!您真的是位女巫?"多萝茜惊讶地说。

"是的,我是一位真正的女巫,不过你不用怕,我是一个好女巫。我喜欢和爱护这里的人们,他们也同样喜欢我,可惜我没有东方恶女巫那样强大的法力,不然我会亲自解救他们的。"

"可是,我听说所有的女巫都是邪恶的。"多萝茜这时还是有些害怕。

"哦,其实不是这样的。澳芝国里共有四个女巫,其中只有住在南方和北方的女巫才是善良的好女巫,我就是其中的一个。住在东方和西方的两个女巫又邪恶又阴险,不过其中一个已经被你杀死了,现在整个澳芝国只剩下一个西方恶女巫了。"

"但是爱姆婶婶曾经告诉我，女巫很久以前就已经全消失了。"多萝茜疑惑地说。

"爱姆婶婶是谁？"北方女巫问道。

"哦，她是我的婶婶，住在堪萨斯，我就是从那里来的。"

北方女巫低下头，好像在想着什么。过了好一会儿，她抬起头说：

"我真的不知道堪萨斯在什么地方，以前也从没听说过。请问，那是一个很文明的地方吗？"

"是的。"多萝茜回答道。

"那就对了，你的爱姆婶婶说得没错。要知道，在很文明的地方的确没有巫师，不会有男魔法师，也不会有女魔法师。但是，你要明白，澳芝国现在还不是个很文明的地方，因为这里从来不和世界上的其他地方联系，所以这里还有巫师和魔法师。"北方女巫答道。

"那魔法师都是什么样的人呢？"

⑤"嘘，小声点，伟大的澳芝就是一个大魔法师，他的力量很强大，我们四个女巫加在一起也比不上他的法力，他住在翡翠城里。"女巫压低声音说。

多萝茜还想问些其他的问题，这时旁边三个一直沉默的芒琦金人突然指着小木屋下的恶女巫，大声地叫喊起来。

"发生了什么事？"女巫问道，当她顺着芒琦金人手指的方向望去，便忍不住大笑起来。原来恶女巫那双伸出屋角的脚已经不见了，只留下一双闪闪发亮的银鞋子。

⑤细节描写和语言描写，"嘘，小声点"此处埋下伏笔，从北方女巫的话语中感受到了澳芝的神秘。

⑥三个芒琦金人的话侧面说明多萝茜回家的困难，增强了真实性，起到了强调的作用。

绿野仙踪

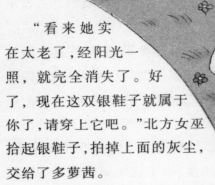

"看来她实在太老了，经阳光一照，就完全消失了。好了，现在这双银鞋子就属于你了，请穿上它吧。"北方女巫拾起银鞋子，拍掉上面的灰尘，交给了多萝茜。

"东方恶女巫很珍惜这双银鞋，听说是因为这双鞋子有着神奇的魔力，但至于是什么样的魔力我们就不知道了。"只见其中一个芒琦金人说道。

多萝茜收下银鞋子，放在了小木屋的桌子上，然后又出来对北方女巫和芒琦金人说：

"我想回我的家乡堪萨斯，回到我叔叔、婶婶身边，他们见不到我，现在一定很挂念我，你们可以帮助我回家吗？"

芒琦金人和女巫先是互相看了看，又看了看多萝茜，不约而同地摇了摇头。

⑥"离这里不远的东方是一片大沙漠，可从来没有人能活着穿越它。"一个芒琦金人说。

"南方也一样，我曾到过那儿，亲眼看到的，那里住的都是桂特琳人。"另一个芒琦金人说。

"我听说西方也是一样，那里的温基人被邪恶的西方女巫统治，如果您去那里，一定会被抓去当她的奴隶的。"第三个芒琦金人说。

"我的家在北方，周围也是一片无边的大沙漠，其实澳芝国就是被这片大沙漠所包围着。噢,我可怜的小姑娘,看来你只能和我们一起在这里生活了。"善良的北方女巫说道。

多萝茜听到这些,伤心地哭了起来,在这些陌生人当中,她只觉得十分孤单无助。⑦<u>而善良的芒琦金人看到多萝茜哭了起来,也忍不住替她难过,掏出手绢儿抹着眼泪。</u>北方女巫什么都没说,摘下她的白帽子,把帽尖放在自己的鼻尖上,庄重地开始数着:"一、二、三。"话音刚落,帽子就立刻变成了一块石板,上面还写有一行粉笔字:

"让多萝茜到翡翠城去。"

北方女巫从鼻尖上取下了石板,看着上面写的字,问多萝茜:

"你的名字是多萝茜吗,亲爱的小女孩儿?"

"是的,我是多萝茜。"多萝茜抬起头,擦干了眼泪,回答说。

"那你一定要去翡翠城了,或许伟大的澳芝能够帮助你。"

"可是翡翠城又在哪里呢?"多萝茜问道。

"就在这里的中心,刚才我们说的那位伟大的魔法师澳芝就是那里的统治者。"

⑦芒琦金人因多萝茜的伤心而哭泣,反映了他们善良的性格。

⑧"小心翼翼"形象地写出了这个时候多萝茜的孤单无助以及内心的害怕。

绿野仙踪

⑨小狗托托对女巫来和去的反应颇有趣味,更衬托出了女巫的神奇。

"他是个好人吗？"多萝茜着急地问。

"我从来没有见过他本人，但我知道他是位好魔法师。"

"那我怎样才能去那里呢？"多萝茜急忙问道。

"看来你只能走着去那儿了，路程很遥远，路上有时会阳光明媚，让人欢快，而有时则会充满黑暗，令人恐慌。不过我会尽全力帮助你，让你远离危险。"

⑧"您可以同我一起去吗？"多萝茜小心翼翼地问道，她似乎只能依靠这位好心的老婆婆了。

"抱歉，亲爱的孩子，我不能陪你去，但我会吻你一下，只要被北方女巫吻过的人，就不会受到什么伤害了。"

北方女巫走近多萝茜，在她的额头上轻轻地吻了一下。后来，多萝茜才注意到被北方女巫吻过的地方留下一个闪光的吻记。

"去翡翠城的路是用黄砖铺成的，只要你沿着这条路走下去，就一定能到达翡翠城。见到澳芝的时候，你不要害怕，只要把你的事情都告诉他，他一定会帮助你的。再见了，亲爱的小姑娘。"

女巫微笑着向多萝茜点了点头，用左脚跟在地上转了三个圈后，就立刻消失了。⑨小狗托托非常惊讶，还有点儿害怕，看见女巫消失了，就不停地叫起来，可刚才女巫在旁边的时候它却一声也不敢叫。而多萝茜却一点儿也没感到惊讶，因为当她知道了老婆婆是一个女巫的时候，就猜到了她会这样随时消失。

阅 读 心 得

多萝茜来到了陌生的地方，为了回到家乡，只有去翡翠城找大魔法师澳芝帮忙。从此勇敢的多萝茜踏上了寻找回家的路，冒险的旅程即将开始。朋友们，在我们面对困难的时候，是否也有像多萝茜一样的勇气呢？

第三章 救出稻草人

导语

多萝茜听从了善良的北方女巫的建议，向翡翠城进发。在友好的芒琦金人的家里，她受到了很好的招待，多萝茜充满信心地向前走去。就在稻田里，多萝茜遇见了第一位伙伴，他是谁呢？

女巫和三个芒琦金人都离开了，现在，只有多萝茜自己了。她觉得肚子有点儿饿，就跑到小木屋的厨房里找了几块面包，涂上黄油，津津有味地吃了起来，她也给小托托准备了一些。多萝茜还有些渴，又从厨房找来一只木桶，在附近清澈见底的小河边打了些水。吃饱了的托托跑到树林里去了，对着唱歌的鸟儿一直叫个不停。多萝茜还以为又出了什么事，也急忙跑进了树林，想抓回淘气的托托。结果刚走进树林，多萝茜就看见了大树上长满了又大又好的果子。她高兴极了，摘了好多果子，准备当早餐吃。

多萝茜带着淘气的托托回到了小木屋中。她和托托喝了些清凉又带甜味儿的水，准备出发去翡翠城。

多萝茜看见床头的柱子上挂着一件干净的衣服，这件衣服上有蓝白相间的小格子，外面还有一件

①换衣服、梳洗、装食物等一系列动作行为描写，写出了他们上路前作的充分准备，也反映出路途的遥远和艰辛。

绿野仙踪

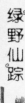

白色的小罩裙,因为经常洗,已经褪色了,但还是一件很漂亮的衣服。①于是,多萝茜好好地梳洗了一下,穿上了这件衣服,她在漂亮的小篮子里装满了从厨房拿的面包,上面还盖了一块干净的餐布,但是多萝茜低头时却发现自己的鞋子已经很破旧了。

"托托,看来我这双破旧的鞋子肯定不能走很远很远的路了。"多萝茜指着自己的鞋对托托说。

托托抬起小脑袋,眨了眨小小的黑眼睛,好像听懂了多萝茜的话似的。这时,多萝茜正好看见了那双放在桌上原本属于东方恶女巫的银鞋子。

"我想,这双银色的鞋子肯定不容易磨破!也许穿上它,我就可以走很远很远的路了。"多萝茜对托托说。

多萝茜脱下了脚上的那双破破烂烂的鞋子,试了试东方女巫的那双银鞋子。没想到多萝茜穿上这双鞋子正合适,就好像是特意为多萝茜定做的一样。

一切都准备好了后,多萝茜就锁好了小木屋的门,把钥匙小心地收到衣服口袋里。她提起小篮子,拍拍托托的小脑袋说:"托托,我们要出发了。到了翡翠城,我们去见伟大的魔法师澳芝,只要他愿意帮助我们,我们就能回到堪萨斯的家了!"

多萝茜和小狗托托就这样踏上了寻找翡翠城的旅程。

本来前面有好几条路,可是聪明的多

萝茜很快就找到了那条用黄砖铺成的路，她高兴极了，沿着黄砖路开心地走着。多萝茜发现，脚上的银鞋子在走路时，会一直发出叮当叮当的响声，很好听。灿烂的阳光照在多萝茜的身上，美丽的鸟儿在她的头顶上自由地飞翔，还愉快地唱着歌。多萝茜走在这样的美景中，觉得既开心又兴奋。

多萝茜惊喜地发现，一路上看见的风景，就像一幅最美丽的画，路边整整齐齐的栅栏上面刷着雅致漂亮的蓝色，矮墙里面种满了各种的蔬菜和谷物。看来，芒琦金人都是勤劳的、出色的农民。每当多萝茜经过一些芒琦金人的家时，都会有人走出来向她鞠躬。因为大家都十分感谢多萝茜杀死了东方恶女巫，让所有的芒琦金人重新获得了自由。芒琦金人住的房子样式很古怪，所有的房子都是圆形的，上面还有一个大大的圆屋顶，所有的房子也都刷成了雅致的蓝色。看来，在这片土地上，人们最喜欢的颜色就是蓝色了。

太阳一点点地落下去了，天色也渐渐暗了。多萝茜已经走了一天了，她既疲倦又

②波葵对多萝茜的热情招待——唱歌、跳舞、丰盛的晚餐，让我们看到了芒琦金人的热情和善良。

绿野仙踪

有点着急，因为怕找不到地方过夜。这时她看见一栋大房子，房子前面的绿草地上有许多人正欢快地跳着舞，周围五个小提琴手也在专心致志地演奏着，大家边唱边跳，玩得很尽兴。旁边的草地上还放着一张大圆桌，上面摆着各种香甜的水果、美味的面包和糕饼之类好吃的东西。

②人们看见了多萝茜，都热情地和她打招呼，并邀请她和他们一起唱歌、跳舞，吃好吃的东西。他们还让多萝茜在这里过夜，庆祝他们重新获得了自由。原来，这户人家的主人波葵是芒琦金人中最富有的人。

于是，多萝茜吃了一顿非常丰盛的晚餐，主人波葵亲自招待了她。吃过饭后，多萝茜坐在椅子上，开心地看芒琦金人跳舞。

当波葵看见多萝茜脚上穿的银鞋子时，惊奇地说："您肯定是一位非常伟大又厉害的魔法师吧？"

"为什么您会这样说呢？"多萝茜反问。

"因为您穿着银鞋子，还杀死了东方的恶女巫。您还穿着白色的衣服，要知道只有女巫和魔法师才会穿白色的衣服。"波葵还特意在多萝茜的衣服上比画了一下。

"其实，我的衣服不是白色的，而是蓝白相间的花格子。只是因为洗了太多次，蓝色大多都掉了，所以我套了一件小罩裙。"多萝茜一边说着，一边扯平了衣服上的褶皱。

"是吗？但是您现在穿的衣服正代表了您善良的品质，因为蓝色是我们芒琦金人最喜欢的颜色，而白色是代表女巫的颜色，所以这更说明您是位善良的好女巫。"波葵开心地说。

所有的芒琦金人都把多萝茜当成一个能干、心地又好的女巫，多萝茜已经不知说什么好了。其实，多萝茜的心里很清楚地知道，她只不过是一个非凡平常的小女孩儿，如果没有龙卷风，她根本不会离开生活的堪萨斯草原，也不会来到这个奇异的地方，更不会杀死东方恶女巫。

多萝茜看着大家跳舞，觉得有些累了，波葵就领着她进了屋子，给她安排了一间很漂亮的卧室。卧室里有一张漂亮精致的小床，上面还铺着蓝色的丝棉床单。多萝茜美美地睡到了天亮。小狗托托也在漂亮的蓝色地毯上好好地睡了一夜。

第二天早上，多萝茜吃了一顿丰盛的早餐，她边吃早餐边看到一个芒琦金小孩子正和小狗托托一起快乐地玩耍。小孩子淘气地扯着托托的尾巴，高兴地喊着，笑个不停。看见小孩子这么俏皮可爱，多萝茜也开心地笑起来。芒琦金人从来没看见过狗，在他们看来，小狗托托奇怪又可爱。

"从这里到翡翠城还有多远的路？"多萝茜问波葵。

"我也不知道，因为我们从来没去过那里。大家都知道只要不是特别重要的事，不是非去不可的话，最好不要去那儿。翡翠城离这里很远很远，应该要走很多天。而且路上一定会遇上许多的困难和危险，您不如留在我们这里吧，这里美丽富饶，您一定会生活得很开心的。"波葵认真地说。

③多萝茜听了波葵的话有些发愁。但是她清楚地知道只有伟大的魔法师澳芝，才能帮助她回到自己的家乡堪萨斯。所以她一定要到翡翠城去，不管路上会遇到什么样的艰难险阻，也决不后退。

于是，多萝茜和托托告别了亲切友善的芒琦金人，继续沿着那条黄砖铺成的路前进。走了好久，多萝茜觉得有些累了，便坐在路边休息。栅栏的外边有

③侧面烘托，主人波葵的盛情挽留，与多萝茜还要继续旅程形成对比，反映了多萝茜的坚定。

④对稻草人的外貌神态描写，可以看出这是一个神奇的稻草人，"眨眼睛""点了点头"，而多萝茜的反应更衬托出了稻草人的奇特。

绿野仙踪

22

　　一大片金黄的稻田，不远处还有一个稻草人，高高地挂在竹竿上，看着周围的鸦雀，不让它们偷吃稻子。

　　多萝茜托着下巴，看着那个稻草人发呆。稻草人的头其实是用一个小布口袋做成的，里面塞满了稻草，上面画着眼睛、鼻子和嘴巴。稻草人的头上还戴着一顶破破的绿尖帽子，样式和那些芒琦金人的帽子一样。他身上穿的是一件橙色的粗布衣服，也已经开始褪色了。他的脚上套着的紫色布鞋，也是破旧的。衣服里面塞满了稻草就是他的身体。稻草人的后背插了一根很长的竹竿，将他高高地吊在了稻田上。

　　④多萝茜正认真地盯着稻草人那张五颜六色的脸看，她惊讶地看见稻草人正对着她眨眼睛。多萝茜以为是自己看错了，但稻草人的眼睛真的一直在眨，居然还对着多萝茜友好地点了点头。多萝茜赶快跨过了栅栏，跑到了稻草人面前，小狗托托也跟了过去，绕着竹竿一直叫个不停。

"噢，您好，美丽可爱的小姑娘。"稻草人很有礼貌地打着招呼，不过他的声音有些嘶哑。

"真的是您在说话吗？"多萝茜惊讶得要命。

"当然是我在说话啦！这里又没有别的人。嘿，您怎么样？"稻草人继续用嘶哑的声音回答说。

"我很好！谢谢您，您好吗？"多萝茜也礼貌地回答着。

"哦，说实话，我觉得不太好，因为我日日夜夜地被吊在这里。而我每天的工作也只是吓吓讨厌的乌鸦，不让它们来偷吃田里的稻子而已，噢，多么无聊的事啊。"稻草人无奈地笑着说。

"您难道不能下来走一走吗？"多萝茜问。

"不行啊！您看这根竹竿一直插在我的背上。如果您可以帮我抽走竹竿，我会非常感谢您的。"

"可以，我现在就帮您抽出来。"多萝茜说着就伸出手，将稻草人高高地举起来，拔出了竹竿。因为稻草人身体里全是稻草，所以多萝茜没花多少力气。

稻草人坐在地上，高兴地说："太谢谢您了，小姑娘，我觉得我现在好像是一个重获自由的人。"

一个稻草人居然会和自己说话，能自己走，还对她鞠躬表示感谢，这让多萝茜惊讶得合不上嘴，但是，她同时又觉得这样很有趣。

稻草人连着伸了几个懒腰，又扭了扭脖子，还连着打了几个哈欠，他问多萝茜："您是谁？您要到哪里去呢？"

"我叫多萝茜，要去翡翠城，想请求伟大的魔法师澳芝，把我送回我的家乡堪萨斯州。"多萝茜回答说。

"翡翠城在哪里啊？澳芝又是谁？"稻草人继续问。

"什么？您居然也和我一样不知道这些事情吗？"多萝茜惊讶地看着稻草人说。

⑤"是的，我的确什么也不知道。您看，我是用稻草做成的，所以我根本没有脑子！"稻草人难过地说。

"哦，"多萝茜摸了摸脑袋说，"我真的很抱歉！"

"如果我和您一起去翡翠城，请求澳芝给我一个脑子，你觉得行吗？"稻草人问。

"这个我也不敢肯定。但是，如果您愿意和我一起去翡翠城，我当然非常高兴啦！即使澳芝不能给您一个脑子，我想您的情况也不会比现在糟糕！"多萝茜回答说。

"您说的一点儿没错！您知道，我不在乎我的一双手、两条腿、肩膀和身体等等，因为那些都是用稻草做的，即使有人踩我一脚，或用针扎我，我也不会觉得痛。⑥但是，我却很害怕被人叫做笨蛋，这太让我伤心了。如果我的脑袋里不是只有稻草，我就可以同您一样，知道并思考很多事情了。"稻草人认真地说。

"我能理解您的心情，如果您和我一起去翡翠城，我一定会请求伟大的魔法师澳芝帮助你的。"多萝茜说。

"谢谢您！您真是位善良的姑娘。"稻草人感激地回答。

多萝茜帮助稻草人翻过了栅栏，回到了黄砖路上，继续前进。

刚开始的时候，小狗托托一点儿也不喜欢稻草人，一直对着他嗅来嗅去，还气呼呼地冲他"汪汪"地叫个不停，它似乎很怀疑这个新来的又塞满稻草的家伙。

"您不要害怕，托托是不会咬您的！"多萝茜安慰稻草人。

"噢，我一点儿也不害怕，别忘了我可是用稻草做的，它根本不能咬伤我。让我帮您提篮子吧，我是不怕累的。嘿，我告诉您一个秘密，在这个世界上，我只害怕一样东西。"稻草人边走边对多萝茜说。

"嗯，是什么呢？难道是那个把您做出来的芒琦金人吗？"多萝茜问。

"不是的！其实只是一根燃烧着的火柴，我只怕火。"稻草人回答说。

他们走着走着，大路变得越来越难走了。好多地方的黄砖已经碎了，还有的甚至已经不见了，地上都是一些大大小小的坑，托托很轻巧地就跳了过去，多萝茜也绕着走过去。可是稻草人没有脑子，总是一直向前走，所以他就一次又一次地跌倒在坑里，还好他永远也不会受伤。⑦多萝茜把他从坑里拖出来，让他站直了，再继续赶路。稻草人好像并不觉得难过，反而莫名其妙地笑了出来。

路边的田地已经变得荒芜，应该很久没有人耕种过了。附近的房子也已经很少了，连树也变得稀稀拉拉的。越是往前走，天空和大地好像就变得越暗淡，他们也觉得越来越孤独。

到了中午，他们在小河边休息。多萝茜从小篮子里拿出了一块面包递给稻草人，但被他拒绝了。

⑧"我用不着吃东西，因为我永远都不会饿！要知道，这是一件幸运的事。我的嘴巴可是画出来的，如果要吃东西，得把嘴巴割开才行。可这样就会露出里面的稻草，我的头就会变得非常难看。"稻草人说。

多萝茜这才明白过来，她就和托托一起分吃了面包。

午饭后，稻草人问多萝茜说："您的情况我还都

⑦虽然仍然受着没有脑子的折磨，但稻草人却已不再像原来那样哀伤了，因为他有了希望，这让他坚定并快乐起来。

⑧稻草人和多萝茜的对话，写出了稻草人不用吃东西的特点，表现了童话故事的奇幻趣味性。

绿野仙踪

⑨通过多萝茜对自己家乡的描述，看出了多萝茜始终都对家乡充满了向往，即使那里并不美丽。

不知道呢，可以告诉我吗？您是从哪里来的？"

于是，多萝茜就讲了自己的家乡堪萨斯州的许多事情给稻草人听。她说堪萨斯到处都是灰蒙蒙的，而她和托托是被龙卷风刮到这个地方来的。

稻草人很认真地听着，他很不明白地问："既然这样，为什么你要离开这个美丽富饶的地方？为什么一定要回到灰蒙蒙的堪萨斯州呢？"

"因为你没有聪明的脑子，所以才会这样想。⑨即使我的家乡又荒凉又灰暗，没有这里美丽富饶，但是那里始终是我的家乡，不管怎样，家乡在我心里永远是最美好的，是别的地方没有办法比的。"多萝茜回答说。

稻草人听后叹了口气说："所以我根本不明白你要这么做的原因。如果你的脑袋里装的是稻草，估计你就会留在这里了。也许正是因为你们有头脑、有智慧，才不至于让堪萨斯州出现没人居住的局面。"稻草人说，"堪萨斯州真是太幸运了。"

"我们再休息一会儿，给我们讲个有趣的故事吧。"多萝茜说。

"嗯，抱歉，我想我讲不了什么有趣的故事。因为我来到世上的时间并不长，所以以前世界上所发生的事，我都不知道。不过，那个把我做出来的农民先给我画了耳朵，所以，我之后就听到了两个芒琦金人的对话。"稻草人说。

"做我的那个农民问另外一个人说：'看看，这两只耳朵画得怎么样？'

"另一个农民就回答说：'耳朵应该不是直的吧！'

"'没事，'第一个农民说，'反正都是耳朵。'

"'好，现在给他画眼睛。'农民说着，就开始画我的右眼，一会儿他就画好了。我好奇地看着他，觉得周围的一切都很新奇好玩儿。要知道这可是我第一次看到世界的样子。

"'这只眼睛的确很漂亮，眼睛的颜色应该是蓝色的。'另一个农民评价说。

"'另外一只眼睛要画得更大些。'农民说。所以第二只眼睛画好后，我看得就更清楚、更远了。接着，农民又给我画上了鼻子和嘴巴。不过，那时候我还不知道嘴巴的用处，所以还不会说话。我看着他做我的身体，做我的手和脚。最后，他们给我装上脑袋的时

⑩语言描写。从稻草人的叙述中，来描述他以往的状态。"孤独地挂着"说明稻草人之前的可怜状况，和现在拥有朋友形成鲜明对比。

⑪老乌鸦对稻草人说出了一个改变稻草人命运的道理，要变得聪明需要一个真正的头脑。

绿野仙踪

候,我骄傲极了,因为我觉得自己已经差不多是一个完整的人了。

"'好了,朋友,我觉得这个家伙肯定能吓走那些偷吃粮食的讨厌乌鸦。'农民说,'他就像一个真人呢!'

"'可不是,他就是一个人了!'另外一个农民说。

"我觉得他们的话对极了。农民用胳膊把我夹住,跑到稻田里,把我插在了一根长长的竹竿上,就像你刚才看见我的那样。⑩后来,他们走了,我就自己一直孤独地挂在竹竿上。

"可是,我一点儿也不愿意就那样吊在那里,感觉孤孤单单地,我想和他们一起离开。但是,我被插在竹竿上,根本动不了,也无法迈开步子,只能乖乖地留在那儿,而且我刚被做成没有多久,什么事情都不知道,甚至都不知道该想些什么,我感觉非常孤独。许多鸟儿都飞到田里想偷吃粮食,但是,看见我后,都以为我是一个真正的守田人,所以都吓跑了。我特别得意,觉得自己是一个很重要又了不起的人。但是,没过多久,有一只老乌鸦落在了我的肩上,它打量了我好一会儿。

"那只老乌鸦忽然冲着我大叫起来:'多么可笑啊,那些农民居然想用你这个笨家伙来作弄我们。只要稍微有点儿见识的乌鸦都能看出来,你其实不过是用一堆稻草做成的。'说完后,他就大摇大摆地在我脚边跳着,吃起谷粒来。别的鸟儿看见了,也都飞过来偷吃粮食。没有多久,我的周围就围了一大片黑压压的乌鸦。

"我觉得很难过,觉得自己没有尽到一个稻草人的责任。⑪那只老乌鸦看我有些难过,便安慰我说:'如果你有一个真正的脑子,你就会和人一样聪明了。你要记住,在这个世界上,无论是乌鸦还是人,最重要的是有聪明的头脑。'

"乌鸦们飞走了以后,我就一直在想,我一定要得到一个聪明的头脑。我的运气真不错,正巧碰见了你,帮我从竹竿上解救下来。听了你说的话,我相信,只要我们到了翡翠城,伟大的魔法师澳芝一定可以给我一个聪明的头脑。"稻草人说。

"希望是这样！我真的希望你能得到一个聪明的头脑！"多萝茜诚恳地说。

"是呀，的确是这样。我的确渴望有一个脑子！你知道当我知道自己是一个笨蛋时，多么难受啊！"

多萝茜安慰他说："放心吧！我们快点儿上路吧！只要见到了伟大的澳芝，一切就都有希望了。"

现在路边已经没有栅栏了，路上全是坑，田地也都是荒芜的，没有耕种过。到黄昏时，他们走进了一座森林。这里的树木浓密高大，还紧紧地挨着，树枝也彼此交错缠绕着。树下没有一点儿光亮，就像深夜一样黑。但是，多萝茜他们并没有停下来，而是继续前进，向森林深处走去。

⑫此处的叙述有力地说明了一路上多萝茜是不能没有朋友的帮助的。

"如果我们继续沿着这条路直走下去，一定能走出森林的。如果翡翠城就在黄砖路的尽头，我们就一定得沿着这条路走下去。"稻草人认真地说。

"你说的我都明白呀！"多萝茜说。

"所以我才知道的呀！如果是需要动脑子才能想清楚的事，我可能一点儿也想不出来。"

大约又过了一个小时，太阳已经完全落山了，他们在黑暗的森林中

继续摸索前进。⑫多萝茜已经完全看不见了，还好有小狗托托，它可以看清楚黑暗中的一切。稻草人也一样，可以看清周围的路。于是，多萝茜就扶着稻草人的手臂，继续往前走。

"如果你看见了屋子，或者其他可以过夜的地方，一定要停下来。在这样的黑暗中赶路，实在太难受了。"多萝茜对稻草人说。

过了一会儿，稻草人就停了下来。他说："在我们右边，有一间小屋，好像是用木头和树枝搭成的，我们要进去休息过夜吗？"

"太棒了！我太累了，已经快走不动了！"多萝茜回答。

于是，稻草人扶着多萝茜穿过树林，来到了那间小屋前。多萝茜进去后，发现里面还有一张用干树叶铺成的床。多萝茜躺在床上，很快就进入了梦乡，而托托也在她身边睡了。稻草人却不会觉得疲倦，他守在角落里，耐心地、默默地等待着天亮。

阅读心得

　　朋友对每个人来说都是重要的。而朋友间的互相帮助，更能体现出友爱。友情是相互的，只要真诚地对待别人，就一定会得到真挚的友情。

第四章 搭救铁皮樵夫

导语

多萝茜带着小狗托托和稻草人一起向翡翠城前进。多萝茜又遇见了第二位伙伴——铁皮樵夫。铁皮樵夫本来是个勤快的樵夫,但为什么他会变成一个铁皮人呢?

① "透过" "洒"等动词传神贴切地写出了阳光下森林的美好。

绿野仙踪

② 对声音的描写,从远处传来,循声寻人,真实贴切,引出了铁皮樵夫。

多萝茜一觉醒来,黑夜已经过去了。①阳光透过树木的缝隙,洒在木屋里。小狗托托早就跑出去玩了,只有稻草人还耐心地守在角落里,等着多萝茜起床。

多萝茜对稻草人说:"走吧! 我们得先找点儿水。"

"找水? 你不是还没吃早点吗?"稻草人不理解地问。

"需要找水喝啊,"多萝茜答道,"那些面包太干了,没有水喝会噎到的,况且,走了这么久的路,我浑身都是灰尘,也应该好好儿洗个澡了!"

稻草人想了想,羡慕地说:"嗯,你们人类的血肉身体也很麻烦,吃饭、喝水、睡觉都很麻烦啊! 可不管怎么说,你们有一个好用又聪明的脑子。如果我也有真正的脑子,宁愿麻烦一点儿!"

多萝茜和稻草人边说着话边离开了小屋。托托

32

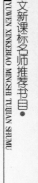

正在追着小鸟儿玩，看他们走过来，便立刻跟了过来。

离木屋不远的地方就有一条小溪，溪水清澈见底。多萝茜在小溪边好好儿洗漱了一下，还在溪边吃了早饭。她发现剩的面包已经不多了，还好稻草人不用吃什么东西，否则，他们肯定要挨饿了。

多萝茜和托托分着吃了面包，正准备继续前进，突然他们听到森林中传来了异样的声音。

②"哎哟！哎哟……"

大家听到了两声低沉的呻吟。

"那是什么声音？"

多萝茜小心地问稻草人，稻草人仔细听了听说："不知道是什么声音，我们都去找找吧。"

风吹了过来，他们又听到了呻吟声。这次，大家都停了下来，感觉声音就在附近。

他们转过身，仔细看了看声音传来的方向。

"天啊，那是什么？"多萝茜突然惊讶地叫起来。

多萝茜指向一处树丛，从空隙中可以看到一个发亮光的东西。他们马上跑了过去，拨开树枝仔细地看着。

在他们的面前有一棵大树，已经有一部分枝被砍掉了。树的另一边有个铁皮樵夫，他手中握着一把铁斧，举得高高的，就像马上要砍树一样。但是，他的斧子却纹丝不动地停在空中，浑身都不能动弹。

多萝茜和稻草人都特别惊讶地看着他，托托一直叫个不停，还冲上去狠狠地咬了铁皮樵夫一口。

③托托突然痛苦地叫了起来，它的小牙齿被坚硬的铁皮硌疼了。

　　多萝茜走到铁皮樵夫面前，问道：

　　"请问，刚才是您在呻吟吗？"

　　"是……是的……"铁皮樵夫困难地回答。

　　"那您为什么要一直呻吟呢？"

　　"我是想让人听到我的呻吟声来搭救我，但是，我已经在这里呻吟一年多了，却从来没有遇到一个人来救我。"

　　③托托被铁皮硌疼的描写，表明铁皮樵夫的坚硬，与他痛苦地呻吟形成对比，更吸引读者。

　　"我能帮助您做什么呢？"多萝茜好心地问道。

　　"您可以帮我拿些油过来吗？我的关节都生锈了。只要帮我在关节上滴些油，我就可以活动了。"铁皮樵夫说。

　　"可是，到哪里帮您找油呢？"

　　"那边的小屋就是我的家。在小屋的架子上就有油，只要拿过来就可以了。"④铁皮樵夫恳求说。

　　④"恳求"一词体现出樵夫渴望得到帮助的急切心情。

　　"原来我们昨天过夜的屋子就是您的啊！真是太感谢了。我现在就帮您把油拿来。"

　　多萝茜跑回木屋，从架子上找到一罐油，又急忙回到铁皮樵夫那儿。

　　"我已经把油拿来了，我该怎么做呢？"她问。

　　"请您先把油滴到我的脖子上。"

　　多萝茜按照铁皮樵夫的吩咐，踮起脚尖儿，把油滴在了他的脖子上。

　　但是，可能是生锈的时间太长了，滴了油的铁皮樵夫还是动不了，稻草人就帮着铁皮樵夫摇了摇脑袋，过了一会儿，铁皮樵皮终于可以自由地转动

绿野仙踪

脑袋了。

"好了，麻烦您再帮我在手脚处滴些油。"

在铁皮樵夫的手脚处滴过油后，多萝茜和稻草人又帮助铁皮樵夫转转手，转转脚，直到他能自由活动。

铁皮樵夫终于可以放下手中的斧头了，他好好儿地舒了口气，感激地对多萝茜说：

"太舒服了！自从我关节生锈了之后，我就只能一直举着这把沉重的斧子。我已经过了一年多这样没法动弹的日子了。这样实在是太累了，只能天天呻吟，还好今天遇见了你们。我实在是太感谢了，如果没有你们，我真不知道还要受多少苦呢。"

铁皮樵夫实在太高兴了，不停地对多萝茜他们表示感谢，看得出来，他是个善良又懂礼貌的人。

"实在是太感谢你们了，我都不知道该说些什么好了，你们这是要去哪里啊？"铁皮樵夫问道。

"我们要去翡翠城，去寻找伟大的魔法师澳芝。"多萝茜回答。

"魔法师澳芝？他是什么人啊？"铁皮樵夫有些疑惑地问。

多萝茜想，铁皮樵夫在这座森林里困了一年多，肯定不知道外面发生了什么事情，就耐心地对铁皮樵夫解释说：

"听说魔法师澳芝是一年前突然从空中飞来的，他可是位厉害的魔法师！我想请他用魔法把我送回堪萨斯去。"

"堪萨斯？那又是什么地方啊？"铁皮樵夫奇怪地问道。

于是，多萝茜把自己的经历仔仔细细地告诉了铁皮樵夫。当说到善良的北方女巫告诉她去找澳芝帮忙，请澳芝用魔法将她送回家乡堪萨斯时，一直没说话的稻草人突然插嘴说：

"我也要去找魔法师澳芝，请他帮我安一个聪明的脑子。"

铁皮樵夫听到这里，想了好一会儿，开口说：

"如果我也去找澳芝，他会帮我安一颗鲜活的心吗？"

"嗯，我想应该没有问题吧。"多萝茜回答说。

"真的吗？那我和你们一起去翡翠城好吗？我想请澳芝给我一颗心。你们放心，我不用吃饭，也不用睡觉，

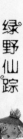
绿野仙踪

36

只要保证我的关节不生锈就行，我不会拖累你们的。"

多萝茜答应了铁皮樵夫的请求，铁皮樵夫高兴地带着他的小油罐一起上路了。

多萝茜很高兴在去翡翠城的队伍中又有了新伙伴。要知道，这可是件幸运的事。⑤<u>因为他们越走树木就越浓密，有的路已经完全被缠绕的枝干挡住了，这个时候，铁皮樵夫就会挥舞起铁斧，砍开挡着的树枝，为大家开辟道路。</u>

多萝茜边走边想着事情，所以没发现稻草人已经落在后面，掉到了一个坑里。

"大家救救我！"稻草人在坑里大叫着。

多萝茜和铁皮樵夫听到喊声，赶快回到坑前，把稻草人从坑里救了上来。

"你怎么不绕过有坑的地方呢？"铁皮樵夫纳闷儿地问。

"我自己也不知道，可能是因为我的脑子里塞的都是稻草，而不是一个聪明的脑子吧，所以我才要去找伟大的魔法师澳芝啊。"稻草人说。

⑥<u>"原来是这样，"铁皮樵夫说道，"我的脑袋里也是空空的，但是我觉得还是应该有颗鲜活的心！"</u>

"聪明脑子才是最重要的。有了聪明的头脑才知道怎么做事，才可以辨别好坏。"稻草人回答。

铁皮樵夫说："不管怎样，我需要一颗心。只有心才可以感受到爱，才知道怎样去爱别人。那才是世界上最快乐的事情。如果你们听了我的故事就会明白的。"

于是，在森林里，铁皮樵夫向大家讲述了自己的故事。

"我就出生在这片大森林中。我的父亲也是樵夫，每天靠砍柴换的钱来养活全家人，我有着快乐的童年和美好的回忆，一家人生活得很开心。

"长大后，我也成了樵夫，我的父亲得重病去世后，我就同母亲一起生活，但母亲去世后，就剩下我一个人了，我感到非常孤独。

"当时，在这森林里还住着另一家人，家里有一位老祖母和一位漂亮的姑娘。那位姑娘美丽又善良，我爱上了她，她答应我，只要我赚了些钱，有了一栋房子，就会和我结婚，所以我就更加努力地干活。

⑦"但是，她的老祖母却十分反对我们的婚事。因为老祖母害怕孙女嫁人后，就没有人服侍她了。

"那位姑娘很爱我，也非常想和我结婚，所以和老祖母大吵了一架。

"老祖母气坏了，想尽一切办法要阻止我们的婚事。她找到东方恶女巫，说如果可以阻止姑娘和我的婚事，就用一头牛和两只羊来酬谢女巫。

"东方恶女巫答应了老祖母的请求，趁我不注意的时候，对我的斧子施了魔咒。

"我想努力干活来造一座更大的房子，这样就可以和心爱的姑娘结婚了。可当我高举起斧子准备用力砍柴时，被施了魔咒的斧子竟然滑落了下来，把我的左腿砍断了。

"我疼得不行。但是最可怕的是，身为一个樵夫，少了一条腿还怎么砍柴呢？况且，美丽的姑娘会不会因为我少了一条腿而离开我呢？

"我找到一位铁匠，请求他帮我做一条铁腿。那位铁匠手艺很好，他帮我做的铁腿十分灵活。等我习惯了铁腿后，又可以行动自如了。

⑦从老祖母反对铁皮樵夫和小姑娘的婚事的原因中可以看出老祖母自私的性格。

⑧恶女巫对铁皮樵夫的伤害从侧面反映了恶女巫的无恶不作，心狠手辣。

绿野仙踪

⑧"但是，东方恶女巫看到我后很愤怒，又一次用魔咒砍断了我的右腿。

"我只好又一次去找那位铁匠，请他帮我又安了一条右腿，而我心爱的姑娘也不计较我的双腿是铁腿，依然对我一往情深。

"东方恶女巫更生气了，又用魔咒砍掉了我的双臂，但这都没有难倒那位手艺高超的铁匠，他又一次为我做了铁手臂。

"东方恶女巫气得发了狂，她不甘心自己一直失败，干脆用魔咒砍下了我的头。我以为这次真的完了，什么事情也做不了了。还好，好心的铁匠在森林里碰见了我，又帮我做了一个脑袋。

"我已经成了一个铁头、铁手、铁脚的人，以为姑娘不会再爱我了，没想到那位姑娘的心意很坚决，她对我说：'只要你心里还爱着我，我就会永远爱你！'

"东方恶女巫知道我还活着，并始终和那位姑娘相爱，气得不得了。她又用施了魔咒的斧子把我的身体劈成了两半。那位好心的铁匠又一次救了我，为我装了一个铁的身体。

"我的身体各部分完全靠关节连着，虽然还是能够自由地活动，但是我的身体里已经没有了心，变得毫无热情，已经不能相信那位深深爱着我的姑娘了。那位姑娘十分伤心，就和她的老祖母离开了这片森林。

"我就这样天天在森林中砍柴生活，我再也不会担心斧子滑落下来，即使掉下来也不会再砸伤我了。我一直在思考着：为什么我以前的生活充满激情，会有喜怒哀乐，而现在不管遇到什么事都这么平静了呢？

"我思考了很久，终于明白过来。以前的我，因为有一颗鲜活的心，所以才会有喜怒哀乐，但现在用铁皮做成的身体，里面是空的，没有心，所以才会这么平静。

"我又去找那位铁匠，希望他能帮我安一颗心。但是铁匠却摇摇头说：'很抱歉，尽管我的手艺是芒琦金最好的，但是也没有办法帮你安一颗心。'

⑨"<u>我没有办法，只得又回到森林中，继续过着平静又乏味的日子。但我一直渴望有一颗真正的心。</u>

"我总是在想这个愿望，连砍柴时也在想。有一

⑨铁皮樵夫的叙述道出了他渴望一颗心的原因，令人感动。

绿野仙踪

天，我正在森林里想着这个问题的时候，忽然来了一场暴雨。我还没来得及回到木屋中，雨水就淋在我的身上，我的关节就这样生锈了。

"从那时起，我就只能举着斧子，一直站在那里，风吹日晒，已经一年了，如果没有遇到你们，可能我还要那样一直站下去呢！"

听了铁皮樵夫的故事，多萝茜和稻草人都很同情他，也终于明白为什么铁皮樵夫那么希望得到一颗鲜活的心。

伙伴们继续赶路，稻草人和铁皮樵夫一路上还在争论脑子和心哪个更重要，但多萝茜一句话也没有说。要知道，篮子里的面包马上就要吃光了，而翡翠城到底还有多远，根本就不知道。她感到非常无助，更加想念亨利叔叔和爱姆婶婶了。

阅 读 心 得

　　爱心是铁皮樵夫最想拥有的东西，其实对我们每一个人来说，不也是这样吗？每个人在接受别人的爱之前，都应该学习如何关心和爱我们身边的人。

第五章 胆小的狮子

导语

多萝茜和她的两个新朋友——稻草人和铁皮樵夫继续向翡翠城前进。大家来到了一个有些阴森的森林时，一头大狮子居然冲出来要吃掉托托，到底会发生什么事呢？

① 森林的阴暗、野兽的吼叫、渲染了恐怖的气氛。

② 连用两个问句，表现了多萝茜对托托安危的关切。

绿野仙踪

③ 多萝茜奋不顾身挡在托托面前，表明多萝茜勇敢无畏的性格。

多萝茜和她的朋友们继续在茂密的树林中前进，虽然他们还是沿着黄砖路走，但是路面上已经被干枯的树枝和叶子覆盖得严严实实，很难前行。

①森林里越来越阴暗，连鸟儿都很少见到，因为鸟儿也喜欢阳光明媚的地方。但是，伙伴们却经常可以听到从林子深处传来的令人害怕的野兽的吼叫声。多萝茜不知道是什么野兽在嘶吼，心里非常害怕，总是在哆嗦。小狗托托可能也感觉到了有野兽，它跑到多萝茜身边紧紧地跟着多萝茜，一声也不敢叫了。

"我们什么时候才能离开这片黑暗的森林呢？"多萝茜恐惧地问铁皮樵夫。

"我也不太清楚，因为我从来没有去过翡翠城。在我小的时候，我父亲曾经去过那儿一次，听他说，那里很遥远，还会遇到很多艰难险阻。不过，离澳芝

越近的地方，就越美丽。我只要带上这个油罐，就什么也不怕了。稻草人也没人能伤害得了，而你，额上有着善良的北方女巫吻过的吻记，也不会受到什么伤害的。"

②"但是，托托怎么办呢？谁能保护托托呢？"多萝茜望着托托，担心地说。

"放心吧，如果有危险的话，我们都会尽全力来保护它的！"铁皮樵夫回答说。

正当他们说话的时候，突然从树林中传来了一声可怕的吼叫，几乎同时，从林子里跳出一头大狮子。他伸出了前爪，冲稻草人挥了一下，稻草人转了好几圈儿后，倒在了路边。大狮子又伸出锋利的爪子，向铁皮樵夫挥去，还好铁皮樵夫的身体很坚硬，没有受伤，但是也摔在了路边。

托托却并不害怕这头大狮子，它冲上去对着狮子叫个不停。大狮子张大了嘴巴，想去咬托托。③多萝茜怕托托受伤，奋不顾身地挡在了托托前面，用尽了全身的力气，狠狠地打了狮子的鼻子一下，她大声喊道：

"走开！你这可恶的家伙！像你这么大的动物，居然欺负一只瘦弱的小狗。"

"可是，我又没有真的咬它。"狮子一边说着，一边委屈地用爪子揉着鼻子上刚才被多萝茜打过的地方。

"但你已经想咬它了，不是吗？你不过是一个胆小的大家伙而已！"多萝茜生气地说。

"没错，你说得没错。我的确是一个胆小鬼，我自己也知道。可是，我也没有办法改变啊。"狮子默默地低下了头。

"哼，我可不知道！看看你，都做了什么啊？连一个稻草人也欺负！"多萝茜接着说。

"哦？他真的全是用稻草做的吗？"狮子惊奇地看着多萝茜和路边的稻草人。

多萝茜扶起了稻草人，帮他整理身体，一点点儿地帮他恢复成人的模样。生气地说："没错！难道你看不出来吗？"

"哦，怪不得他那么容易就倒了呢。刚才我只是轻轻地拍了他一下，他就转了好几圈儿，我自己都觉得很惊讶呢。那他也是用稻草做的吗？"狮子指着铁皮樵夫问。

"不，他不是，他是用铁皮做的。"多萝茜边回答，边扶起了铁皮樵夫。

"哦，难怪我的爪子在抓他的时候，感觉那么疼呢。嘿，那这个小家伙呢，它又是什么？你那么拼命地去救它。"狮子指着托托问多萝茜。

"它是托托，是一只可爱活泼的小狗。"多萝茜回答说。

"那它是用稻草做的，还是用铁皮做的？"狮子问。

"不是！它可不是用铁皮或稻草做的。它的身体有血有肉！"多萝茜回答说。

"啊！还真奇怪，它那么小还那么勇敢。唉，可能也只有我这样的胆小鬼，才会想要去吓它吧！"狮子低下头无奈地说。

④多萝茜惊讶地看着这头狮子，他多么大啊，差不多和一匹马一样大。她问："你怎么会是一个胆小

④狮子体态庞大但却胆小引起了多萝茜和伙伴们的好奇，也吸引读者读下去了解究竟。

⑤通过对话可以看出他们对狮子的关心和鼓励，希望他能和大家一起踏上实现梦想之旅。

绿野仙踪

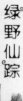

鬼呢？”

"我猜，我可能天生就这样，你知道，在森林中狮子是公认的百兽之王。森林里的其他野兽都认为我既勇敢又强大。我也知道，如果我大吼大叫，其他动物就会很害怕，跑到别的地方去了。可是也不知道为什么，我只要遇见人，就会非常害怕，但只要我对他们怒吼，人们还是会逃开的。"狮子说。

"你不应该这么胆小。身为百兽之王，你应该更勇猛一些。"稻草人说。

"我当然也明白这个道理。"狮子边说边用他的尾巴抹着眼泪，"因为胆子太小，我很痛苦，每当我害怕时，我的心总是跳得很快。真让人难过。"

"你是不是心脏不太好？"铁皮樵夫关心地问。

"可能是吧！"狮子说。

"如果你真的有心脏病，你应该高兴才是，因为这至少说明你还有一颗鲜活的心。而我却没有心，所以即使想得心脏病也没有办法。"铁皮樵夫说。

"可能是吧！但是，如果我没有心，我也不会是一个胆小鬼了！"狮子说。

"你有脑子吗？"稻草人问。

"我从来没想过，但是，我想我应该是有脑子的。"狮子回答说。

"唉，我就没有，所以我要和多萝茜一起去找伟大的澳芝，请求他给我安一个脑子。我不想再用稻草做脑子了。"稻草人说。

"我要去请求澳芝给我一颗心。"铁皮樵夫说。

"我要去请求澳芝，送我和托托回堪萨斯州去。"多萝茜说。

"你们觉得澳芝会给我胆量吗？"胆小的狮子问。

⑤"应该会的！或许就像他会给我脑子一样简单！"稻草人说。

"没错！就像他会给我一颗心一样痛快！"铁皮樵夫也说。

"对！也许就像他送我回堪萨斯一样容易！"多萝茜说。

"如果是这样的话，我可以和你们一起去翡翠城找澳芝吗？没有胆量，我都觉得生活得没有意义！"狮子说。

"太好了！我们非常欢迎你！至少你能够吓跑其他的野兽，这说明它们比你还胆小。"多萝茜说。

"的确，但是这并不能让我变得更勇敢。只要我觉得自己还是个胆小鬼，我就不会感到快乐！"狮子说。

于是，多萝茜和伙伴们又上路了，这回有狮子威风地走在多萝茜前面。⑥刚开始，托托还不太喜欢这位新伙伴，它还记得自己差点儿被这个家伙咬到，可是，没过多久，它就和胆小的狮子成了好朋友。

一路上，多萝茜和她的伙伴们没有再遇上什么麻烦事。

⑦有一次，铁皮樵夫不小心踩死了一只小甲虫，他心里觉得很难过。其实，他走路一直都很小心，就怕不小心伤害到别人。他边走边流泪，泪水流过他的脸颊，就这样一直流到他的嘴里。没多久，他的嘴巴就生锈了。铁皮樵夫惊慌失措，也不知道该怎么办，只能对着多萝茜不停地做手势，希望她帮忙。但是，多萝茜不明白他的意思，胆小的狮子也不知道怎么了，还好稻草人赶快从篮子里拿出了油罐，在铁皮樵夫嘴上滴了些油。过了一会儿，他又可以像以前那样说话了。

"一定要记住这个教训！我以后要更小心些，绝

⑥托托对狮子态度的转变反衬了狮子性格的友好善良。

⑦铁皮樵夫为踩到一个小甲虫而伤心流泪，更衬托出没有心的铁皮樵夫的善良。

绿野仙踪

对不能再踩到小生命了,不然,我还会难过得哭出来,这样,我就又会生锈了。"铁皮樵夫说。

于是,从那之后,铁皮樵夫走路都小心翼翼,仔细地看着地面,看到小的虫子,他就会迅速地跨过去,以免自己再踩到。铁皮樵夫知道自己没有心,所以,他更要注意,永远不要伤害其他生命。

"我真羡慕你们都有心。因为有了心的指导,你们都不会做错什么事。而我没有心,所以,我必须特别小心。等澳芝给了我心之后,我就不用再这么担心了。"铁皮樵夫说。

阅读心得

狮子看似庞大,其实很胆小。在生活中,我们是不是也有这样脆弱的一面呢?其实,胆怯并不可怕,只要经受一番磨炼,一定会成为勇敢的人!

第六章 穿过森林的路

导语

去翡翠城的道路布满了各种危险。多萝茜和伙伴们总是遇到各种麻烦，他们遇上了凶猛可怕的开力大野兽，还有湍急的河流在等待着大家。多萝茜和伙伴们会一切顺利吗？

这座森林实在太大了，似乎没有尽头，茂密的树枝把阳光都遮住了，连东南西北都分不清。还好狮子对森林还算熟悉，不然的话，多萝茜他们一定会迷路的。

大家走了很久，也没有走出森林。

夜晚就这样来临了，一路上大家也没有看到可以借宿的地方，稻草人看看四周说："看来今天我们没有屋子可以过夜了，这里甚至连小鸟儿都没有。"

铁皮樵夫和胆小的狮子也同意稻草人的看法。大家只好在一棵大树下露宿。

多萝茜和稻草人找来了不少干树叶，在树下铺好，然后坐下来好好儿休息。①托托一直守在多萝茜身边，因为它的肚子已经饿得咕咕叫了，正等着多萝茜拿出面包和自己一起吃呢。

多萝茜揭开篮子上的布，发现里面只剩下一小

① "守"字用得好，传神贴切，写出托托饥饿难耐，等待主人给它食物的急切心情。

绿野仙踪

48

块面包了。看来只够晚上吃的了，明天该怎么办才好？

幸亏稻草人和铁皮樵夫都不用吃食物，多萝茜就把篮子里的面包和托托分着吃完了。狮子不喜欢吃面包，它对大家说："如果大家没有意见的话，我就去森林里抓一只鹿来烤着吃，怎么样？"

②"天啊，千万不要！如果我看到你杀了一头小鹿还烤来吃，我一定会哭个不停的，那样我就又会生锈了。"铁皮樵夫着急地说。狮子想了想，就自己到森林中找吃的去了。

大树又高又浓密，所以多萝茜他们不担心露水会滴下来。铁皮樵夫比较熟悉森林的生活，砍了一堆木柴，多萝茜就生起火来为大家取暖。稻草人吓坏了，连忙跳出去很远。

稻草人害怕自己不小心碰到火，就走到森林里去了。现在的他，已经知道怎样转弯了，所以不害怕再掉进坑里。

没过多久，稻草人就回来了。他手上的篮子装着满满的果子，足够多萝茜和托托吃上好几天。

"多萝茜，这是我刚才在森林里为你摘的果子，可以作为明天的早餐。"稻草人说，"我看到你的面包吃完了。"

"啊，真是太感谢你了，你真是细心又聪明啊！"多萝茜充满谢意地说。

稻草人不好意思地挠了挠头。多萝茜看到他的神态，心里想：稻草人真是善良啊，而且他已经会思考了。

②对铁皮樵夫的语言描写，再次表明了他的善良和不忍伤害别人的性格。

③"宽、深、陡"等形容词写出了克服深沟障碍的难度，表现了大家克服困难的勇敢。

④狮子"信心满满"表明狮子越发勇敢，不再那么胆怯。

绿野仙踪

50

正想着，多萝茜却看到稻草人笨笨地在捡掉在地上的果子，他的动作很慢，也不灵活，掉在地上的果子比篮子里的还多，看着稻草人笨笨又可爱的样子，多萝茜开心地笑了起来。但稻草人却不管自己的动作是否灵活，他只希望自己不要待在火的旁边就可以了，以免把自己烧着了。多萝茜要睡觉时，稻草人又细心地拿了一片大树叶，盖在多萝茜身上，以免她着凉，大家就这样过了一夜。

第二天一大早，大家就醒过来了。多萝茜的早餐就是稻草人摘的果子，大家还一同在小溪边洗了脸。都准备好后，便开开心心地上路了。

伙伴们走了差不多一个小时，发现前面有一条深沟挡住了去路。

③这条沟很宽，还又深又陡，几乎把整座森林都切成了两个部分。大家向下面望去，根本看不见底，只能隐约地看到底部尖尖的岩石。沟的两岸也十分陡峭，根本没有办法攀爬。

"怎么办才好呢？"多萝茜着急地问。

"我想不出什么好的主意。"铁皮樵夫无奈地说。

"我也没有办法了，"稻草人无力地说，"我们不能爬过去，也不能长出翅膀飞过去。除非跳过去，否则我们真的没有办法再前进了。"

稻草人的话提醒了狮子。他默默地来回转着，估算着沟到底有多宽。

"我觉得我能跳过去。"狮子想了一会儿说。

"真的吗？你可以跳过去吗？"铁皮樵夫担心地问。

④"经过我的估量，使点儿劲儿，应该能跳过去。"狮子信心满满地回答。

"太棒了，只要你能跳过去，大家就不用担心了。你可以把大家一个个地背过去。"稻草人兴奋地说。"好，就这么做。起码我们也要试试！"狮子看了一下所有的伙伴，问道：

"那谁愿意和我先试试？"

⑤"我来吧！"稻草人大声说，"只有我才最安全。要是失败了，换了多萝茜，一定会没命的，而要是铁皮樵夫，也会摔散的。只有我不怕摔，来吧，让我们试一试吧。我相信你！"稻草人坚定地看着狮子。

"好，你说得没错，"狮子说，"让我们来试试吧。"

胆小的狮子很佩服稻草人的勇气，也觉得自己获得了更多的力量。他驮上稻草人，转身对多萝茜说道：

"为我们加油吧！虽然我心里还是有些害怕，但我们会努力的！"

多萝茜的心跳个不停，很替狮子和稻草人担心，连托托也在她的身边来回转着，担心着伙伴。

狮子走到深沟旁，蹲下身来，准备起跳，稻草人问道："你为什么不先跑一下再跳呢，我的朋友。"

"我们狮子可都是这样跳的。"

狮子默念着："一、二、三！"

突然，他大吼了一声，用力一跃，就像飞起来一样，平安地到了对岸。

"太好了，成功啦！"

大家都高兴得跳个不停，兴奋极了。

狮子高兴地放下稻草人，又跳了回来。

多萝茜抱着托托，爬上了狮子的背。多萝茜紧紧地抓住了狮子的鬃毛，多萝茜坐稳后，就突然用力一跃，又安全地到达了对岸。那一瞬间，多萝茜以为自己就像在飞。最后，狮子也把铁皮樵夫平安地背了过去。

⑤对稻草人的语言描写，写出了稻草人的坚定勇敢和聪明果断，也给予了狮子信心和力量。

⑥正面描写与侧面描写相结合。对开力大的外貌描写，正面写出了它们的可怕。对狮子的动作描写，"蹿""拼命地跑"侧面表现了开力大的可怕。

绿野仙踪

来来回回跳了好几次,狮子累坏了,他趴在地上,就像一只在太阳下跑了很久的大狗一样。他好好儿休息了一会儿。大家都很感激他。

休息了一下,大家继续上路了。深沟这边的森林似乎更加阴森黑暗。树木一棵连着一棵,更加浓密了。更奇怪的是,森林里又传来了奇怪的声音。

"大家都要小心了,这里,这里可是开力大住的地方啊!"狮子又恢复了他胆小的样子,小声地颤抖着说。

"开力大?那是什么东西?"多萝茜问。

狮子安静了好一会儿,才告诉大家说:

⑥"开力大非常可怕,它们的头像老虎,身子像熊,还长着又长又尖的爪子。即使是最强大的狮子,也会被它们轻松地撕成两半,就像我对托托一样。我想,我们应该是到了开力大住的地方了。"

"听起来真的很可怕!"大家都觉得很害怕。

正当大家因为开力大害怕时,突然从不远处的森林中传来了惊天动地的吼叫声。

"糟了,开力大一定就在附近,快跑吧!"狮子马上蹦了起来,拼命地向前跑。

⑦多萝茜的害怕着急衬托出稻草人的镇静机智，由此可以看到，稻草人变得越来越聪明了。

⑧稻草人最先喊出"快过桥"表明稻草人虽然没有脑子，却能临危不乱，机智。狮子虽然害怕，却勇敢地舍身保护朋友，胆小的狮子在困难面前越发勇敢，体现了伙伴们的成长。

绿野仙踪

"大家快点儿跑！"多萝茜也急着跑了起来。

他们紧紧地跟着狮子，拼命地跑。大家跑得很快，但还是听见了可怕的吼声就在附近回荡。

大家正在逃命，突然前面又出现了一条更宽、更深的沟。狮子看了看，就知道自己这回一定跳不过去了。

"怎么办？怎么办？难道没有别的办法了吗？"多萝茜着急地问。

⑦稻草人比大家都要镇静，他仔细看了看沟的附近，立刻就有了主意，对着大家说：

"铁皮樵夫，快点儿！沟旁边有棵大树，把树砍倒，横在上面，我们就可以从上面过去了。"

"哈，真是个好主意。稻草人，你真是越来越聪明了！"狮子说。

铁皮樵夫举起铁斧拼命地砍着那棵大树，不一会儿，就听见"轰"的一声，大树被砍倒了。

狮子赶快用他的爪子小心地把树的一端推到对岸去，正好架成了一座桥。正当大家准备过桥时，突然听见身后传来了可怕的嘶吼声，大家回过身去，就看见两头开力大正一步步向他们走来。它们长得实在太恐怖了，正像狮子说的那样，长着老虎一样的头，熊一样的身子。两头开力大张开可怕的大嘴巴，血红的舌头从中伸出来。

大家都吓坏了，一时也不知道怎么办才好。

⑧"快点儿，快过桥去！"稻草人最先喊出来，多萝茜急忙抱着托托跑过桥去，后面跟着稻草人和铁皮樵夫。狮子跑在最后面。

54

当狮子跑到桥中间时，开力大已经追过来了。

两头可怕的开力大喘着粗气，也跑到了树桥上。狮子已经闻到了开力大身上的腥臭味儿了。

虽然狮子害怕得要命，但是他还是转过身来，冲着两头开力大大吼了一声，想要吓吓它们。"多萝茜，朋友们，你们快跑，我，我和他们拼了！"狮子激动地喊道。

"狮子，别着急，我想到办法了，你快点儿过来。铁皮樵夫，快，快点儿把树干砍断！"稻草人大喊道。

铁皮樵夫明白了稻草人的意思，立即用力地砍着树干，狮子也马上跑了过来，只听见"咯吱"一声，树干断了，接着听见"轰"的一声，两头开力大同树干一起掉进了深深的沟里。

"太好了，我们终于都获救了！"狮子长长地舒了一口气，"吓得我的心到现在还跳个不停呢。"

"唉，我要是也有一颗鲜活的心就好了。"铁皮樵夫又想到了自己的伤心事。

伙伴们经历了这一次危险，更加团结友爱了。大家也更着急地赶路了，都希望走得再快些，好早点儿到达翡翠城。路上多萝茜累得走不动了，狮子就干脆让多萝茜骑在他的背上。大家匆匆忙忙地赶路，终于走到了森林的边缘。

⑨离开了阴森恐怖的大森林，大家终于又见到了蔚蓝的天空、绿色的原野和雪白的云朵。

大家开心极了，继续前进，太阳快要落山的时候，大家走到了一条大河的边上。

这条河非常宽阔，河水也很湍急，既看不到它的源头，也不知它会流到哪里去。

大家远远地望着河那边，黄砖路一直延伸到天际。而路的两旁都是碧绿的草地，上面开满了美丽的鲜花。草地上还种着各种果树，树上结着累累的果实。夕阳斜射在草地上，把一切都染成了金色。沉甸甸的果实就像嵌在金色图画里的宝石，闪耀着绚丽的光彩。

大家看到那么美丽的景色，都开心极了。

但是麻烦的是，那么宽的河，既没有桥，也没有船，根本没有办法过河。

"唉，我们怎么过去呢？"多萝茜担心地问。

⑩"不用担心，只要铁皮樵夫做个木筏，我们就可以安全地过河了。"稻草人说。

"嗯，真是个好注意。"铁皮樵夫立刻砍起树来，准备做过河用的木筏。就在铁皮樵夫专心做木筏时，稻草人发现路旁有新鲜的果树，就摘了好多果子，准备给多萝茜和托托吃。多萝茜高兴极了，要知道她可好久没有吃到新鲜的果子了。做木筏的工作复杂又麻烦，虽然铁皮樵夫可以不眠不休地做，但也需要一段时间。夜晚就这样来临了，大家找了些干草，就在河边过了夜，多萝茜还梦到自己终于到了翡翠城，见到了伟大的澳芝。

第二天,大家很早就醒过来了,精神抖擞地继续扎着木筏,大家都满怀希望,多萝茜又在树上摘了一些新鲜的桃子和李子,也感觉自己充满了力量。

河的对岸阳光明媚,在微风中,似乎向大家招着手,欢迎大家过去。

大家终于将木筏做好了。伙伴们要出发了。大家纷纷踏上木筏。多萝茜抱着托托站在中间,旁边是稻草人和铁皮樵夫。最后一个上去的是狮子,他太重了,一踏上木筏,木筏就摇摇晃晃地向他这边倾斜。稻草人和铁皮樵夫赶快站在木筏的另一边,保持住平衡,木筏才平稳下来。

他们每个人手里都拿着一根竹竿,一点一点地撑着,向河中心缓缓驶去。开始的时候,木筏前进得还算顺利,可等到了河中心,水流越来越急,大家都没有划过船,手忙脚乱,无法好好儿地控制木筏。木筏在河中心打着转儿,顺着水流向下游漂去。

木筏随水流漂得越来越快,河水也越来越深,大家的竹竿已经快插不到河底了。

"不好! 如果我们上不了岸,就会漂到西方恶女巫的领地去了,那样的话我们都会变成她的奴隶了!"铁皮樵夫着急地说。"如果那样的话,我就得不到聪明的头脑了。"稻草人说。

"那我也得不到胆量了。"狮子说。

"那我也回不到家乡堪萨斯了。"多萝茜说。

"大家不要放弃,我们一起努力,一定会到翡翠城的! "稻草人坚定地说。可没过一会儿,他惊叫了一声:"糟了! "

原来,他用力地把竹竿插入河底,不小心插进了泥里,可还没等他把竹竿拔出来,木筏就被一股急流冲走了,而稻草人只能挂在河中心的竹竿上了。

"啊,稻草人! "伙伴们看见稻草人被挂在竹竿上,都惊恐地叫起来。

⑪ "别管我，你们快靠岸吧！再见了，我的伙伴们！"稻草人难过地喊着。他眼看着木筏一点点儿地漂走，伤心地想：以前的我挂在田地里，可能还可以装成人，吓吓那些小鸟儿，可现在孤零零地挂在河中间，什么也做不了了。我也得不到我想要的聪明脑子了。稻草人越想越伤心，泪水不停地流下来。

木筏漂得越来越远，大家离稻草人也越来越远。木筏上的伙伴们都十分难过。

铁皮樵夫哭得最伤心，但是又怕自己的关节会因为泪水而生锈，就用多萝茜的围裙不停地擦着眼泪。

木筏失去了控制，顺流直下，越漂越远。狮子看木筏离岸边越来越远，着急地说："我们现在应该做的是想办法靠岸，这样吧，我先跳进水里，拖住木筏，大家拉住我的尾巴应该就可以了。"

"你会游泳吗？没问题吗？"多萝茜担心地问。

"试试看吧，"狮子说，"我们总要想办法靠岸啊。相信我吧，我们一定会到翡翠城的！"

说完后，狮子便跳进了河里。

也许狮子天生就会游泳，所以即使狮子没有游过泳，在水中扑腾了一阵儿，用尽全身力气就将木筏拖到了对岸。

费了好大的力气，大家终于顺利地上岸了，伙伴们全都累坏了，已经没什么力气庆祝了。大家心里明白，离黄砖路已经很远了，况且稻草人还被困在河中。

⑪ "别管我，你们快靠岸吧！再见了，我的伙伴们！"表明了稻草人在困难面前的坚定。

⑫ 对稻草人身处环境的描写显现出稻草人孤单可怜，更反映了伙伴们的急切和难过。

绿野仙踪

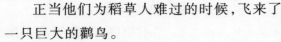

大家沿着河岸走了一段路,路旁开满了美丽的鲜花,也到处是挂满果子的果树,如果不是稻草人不在,大家一定会很开心的。忽然,铁皮樵夫指着河中大叫:

"看,稻草人还挂在竹竿上呢!"

大家顺着铁皮樵夫手指的方向看去,稻草人果然抓着竹竿,孤零零地挂在那里。而竹竿下面就是湍急的河水。

⑫稻草人看上去既孤单又可怜,大家难受极了,不知道怎么办才好。"到底有什么方法才能将稻草人救下来呢?"多萝茜着急地问,可是大家都只能摇摇头,没有想到办法。

正当他们为稻草人难过的时候,飞来了一只巨大的鹳鸟。

"喂,你们是谁?为什么看起来这么难过呢?"鹳鸟一边在他们头上飞着一边问。

"我是多萝茜,这些都是我的朋友。"多萝茜指了指后面的铁皮樵夫和狮子。鹳鸟看了看他们说:"你们是遇到麻烦了吧?"

"是的,你看我们的朋友稻草人被困在河中心了,我们都没有办法救他!"

"嗯,还真奇怪,"鹳鸟说,"稻草人不是应该在田里吗,怎么跑到河里去啦?"

"他是为了我们大家,才被困在河中心的。"多萝茜难过地说。

"让我看看,或许我能帮他。"鹳鸟说。

"真的吗?"多萝茜激动地说。

"我可以试一试。但如果他太重的话,我可就帮不了你们了。"

"放心吧,他是用稻草做的,一点儿也不

重,我们会很感谢您的。"

"好,那我试试吧。"鹳鸟说着就飞到河中心,用双爪抓住了稻草人的肩膀,用力地提起稻草人,飞到了河岸边,把稻草人放到了多萝茜他们身边,大家高兴地拥抱在一起,不停地跳着。

鹳鸟见到他们那么开心,也很替大家高兴,他拍着翅膀飞到了空中对他们喊道:

"很高兴能帮到你们!"

⑬"太感谢您了,我们会永远记着您的!"大家对着鹳鸟大声喊道。

"不用客气,我很高兴能帮助别人,现在我必须走了,我的孩子还在家里等着我呢!再见了,祝你们一切顺利。"鹳鸟说着,便渐渐飞远了。

"我真是太感谢鹳鸟先生了,要不是他,我可能就要在河里的竹竿上挂一辈子了。等我有了聪明的脑子,我一定会好好地报答他的!"稻草人感激地说。

⑬通过语言的描写表达出大家对鹳鸟先生的感激之情,伙伴们得以团聚,欣喜的感情溢于言表。反映了伙伴们的感情之深。

绿野仙踪

阅读心得

在遇到困难的时候,人往往会激发出更大的潜力,也许,你比你想象得要强大得多。所以,无论遇到什么艰难险阻,请相信自己吧!

第七章 危险的罂粟花田

伙伴们好不容易穿过了危险的森林和河流,却因为一时的大意被困在罂粟花田里了。多萝茜、托托和狮子都晕倒在花田里,稻草人和铁皮樵夫要怎样才能救亲爱的朋友们呢?

多萝茜和伙伴们穿过了阴暗的森林,渡过了危险的河流,继续踏上了寻找翡翠城的道路。

①黑压压的森林渐渐被他们抛在了身后,天地变得开阔明朗起来。路旁到处是绿草,各种鸟儿快乐地在林中歌唱,空气里弥漫着花的芬芳和水果的香甜味道,大家心旷神怡,开心极了。

"很久没见到这样美丽迷人的风景了。"多萝茜兴奋地说,边走边把鲜艳的花朵摘下来放进小篮子里。没多久小篮子就变成了一只美丽的花篮。

"是啊,这些花真的很美。要是我有了脑子,我一定会觉得它们比什么都漂亮!"稻草人有些遗憾地说。

铁皮樵夫也感慨地说:"如果我有了一颗心,一定会比多萝茜更喜爱这些花的,因为它们实在太可爱了!"

"我也很喜欢这些花,"狮子也开了口,"其实以前在森林里,我也会见到一些花朵,但那些花缺少阳光,看上去一点儿也不鲜艳。而这些花,又大又艳丽。我可从来没有见过这么美的花。"

"大家快看，那边的花多美啊！"铁皮樵夫突然叫了起来。

大家跟着跑了过去，也忍不住叫了出来：

"啊，真美，就像花的海洋一样！"

远处开了许多美丽的花朵，红的、黄的、紫的、白的……姹紫嫣红，就像美丽的画一样。特别是硕大鲜艳的罂粟花，红得眩目，黄得耀眼。

大家都被美丽缤纷的鲜花吸引住了，笑着跳着，奔向花丛。

①开阔明朗、花草、鸟儿、歌唱、香甜味道与刚刚经历的危险形成对比，显得更加美好。

罂粟花田里的香气熏得人头晕目眩。多萝茜一边跑，一边高兴地唱着歌儿。

没过多久，稻草人和铁皮樵夫就发现多萝茜的歌声越来越小了。多萝茜只觉得眼睛像粘了胶水，不停地想合起来，自己又累坏了，想躺下好好睡一觉。

铁皮樵夫觉得不太对劲儿，就和稻草人催着多萝茜继续走："我们应该快点儿走回黄砖路，这样才能早些找到翡翠城。"可是没有多久，多萝茜就支持不住了，和托托昏睡在花丛里。

②通过大家的表现，写出了他们失去伙伴的难过和伤心，更反映了他们的友情之深。

铁皮樵夫问："这可怎么办？怎么会这样呢？"

狮子说："不能让多萝茜躺在这里，这样下去，她就醒不过来了。我们必须快点儿离开这里，这些花的香气会熏死我们的。我的眼睛也快闭上了，快点离开这儿！"

绿野仙踪

稻草人和铁皮樵夫立刻抬着多萝茜和托托向花丛外跑去，稻草人说："狮子，我们抬不动你，你自己快点儿跑出去吧。"狮子点点头，向前跑去。

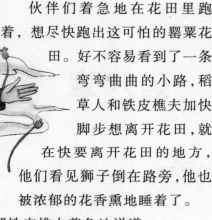

伙伴们着急地在花田里跑着，想尽快跑出这可怕的罂粟花田。好不容易看到了一条弯弯曲曲的小路，稻草人和铁皮樵夫加快脚步想离开花田，就在快要离开花田的地方，他们看见狮子倒在路旁，他也被浓郁的花香熏地睡着了。

"怎么办？连狮子也睡着了。"铁皮樵夫着急地说道。

"看来他也被花香熏晕了。我们能带他走吗？"稻草人说。

"可是，他太大了，我们根本抬不动他。没有办法了。"铁皮樵夫无奈地摇了摇头说。

②稻草人和铁皮樵夫抬着多萝茜和托托，看着与大家朝夕相处的狮子在昏睡，心里难受极了。

"看来谁也帮不了我们的忙。狮子要永远睡着了，他只能在睡梦中追寻胆量了。"铁皮樵夫难受地说着。

"非常抱歉，我们只能离开你了，我们的伙伴。"稻草人也哀伤地说。

铁皮樵夫和稻草人不住地回头，抬着多萝茜和托托依依不舍地离开了狮子，走出了可怕的罂粟花田。

阅读心得

    人往往会被生活中的各种假象所蒙骗，就像危险的罂粟花一样，看似鲜艳美丽，但是其中却隐藏着巨大的危险。

第八章 遇见田鼠女王

导语

稻草人和铁皮樵夫只能将多萝茜和托托带出罂粟花田,而救不了他们的狮子朋友。难道狮子就这样永远地睡在罂粟花田里了吗?他会得救吗?

稻草人和铁皮樵夫伤心地带着多萝茜和托托离开了狮子,找到一片草地,将多萝茜和托托放在了柔软的草地上。

"让多萝茜在这里吹吹风,呼吸新鲜空气,应该会很快醒过来的。"稻草人说。

"我想她一定不会有事的,北方女巫不是在她的额上吻了一下吗?应该不会有危险的。"铁皮樵夫说。

他们正说着话,突然听到一声低沉的吼叫。

铁皮樵夫转过去一看,①只见一只丑陋又可怕的大野猫正跑过来。大野猫张着血红的口,尖尖的牙齿露在外面,眼睛也红红的,十分恐怖。铁皮樵夫知道它一定在追着什么东西,果然看到不远处有一只小田鼠,慌慌张张地不停地跑,后面就是凶神恶煞的大野猫。铁皮樵夫最讨厌欺负小动物的家伙,就趁大野猫跑过来的时候,看准时机,挥着铁斧把大野猫的

① 对大野猫的外貌描写,刻画了它的可怕、丑陋,与田鼠的可爱形成鲜明对比。

② 对田鼠女王生气时的语言描写,惟妙惟肖,符合田鼠女王的身份和心理。

绿野仙踪

头砍掉了。

大野猫惨叫了两声,浑身抽搐着,没过多久就一命呜呼了。

那只被追的小田鼠躲过了大野猫的袭击,不用再逃跑了,便来到铁皮樵夫跟前。

"尊敬的先生,"小田鼠感激地说,"谢谢您,谢谢您救了我的命。"

小田鼠的声音虽小,但说话时彬彬有礼,还优雅地鞠了个躬。

"不用客气,没什么。虽然我没有心,但我还是时时刻刻注意需要帮助的人,即使是你这样的小田鼠。"铁皮樵夫说。

②"什么? 小田鼠? 我可不是什么小田鼠! 我是田鼠王国的女王!"田鼠突然生气地说。

铁皮樵夫吓坏了,这才注意到田鼠的头上还戴着一个小小的钻石王冠,连忙说:"对不起,是我太失礼了,不好意思。"铁皮樵夫连连道歉。

田鼠女王神气地说:"算了,你救了我。整个田鼠王国都会感谢你的。你可能认为救了一只田鼠微不足道,可在我们王国里,你却做了一件很了不起的大事,你很勇敢。"

这个时候又从四周蹿出好几只小田鼠。小田鼠们看到田鼠女王安然无恙,都高兴地欢呼起来:

"太好了,女王陛下! 您没有事太好了! 您是怎么躲过大野猫的呢? "

"是这位铁皮樵夫帮我杀死那只大野猫的, 你们要好好感谢这位勇敢的人。为了报答恩情,我们都要听从他的安排。"

所有的小田鼠听了田鼠女王的话, 纷纷跑到铁皮樵夫的四周,齐声说道:

"多谢您救了我们的女王,我们愿意为您服务。"

正当小田鼠们向铁皮樵夫鞠躬时,托托醒了过来,叫着跳着冲向小田鼠们，吓得小田鼠们四处散去。要知道，托托在堪萨斯的时候就很喜欢追着小田鼠玩耍。

铁皮樵夫连忙抱住托托，不让托托吓到田鼠们。

"你们不用害怕，托托不会伤害你们的。"③田鼠女王从角落里露出小脑袋，小声地说："真的吗？它不会把我们咬死吗？""放心吧，不会的。"说着铁皮樵夫把托托抱得更紧了。

"那您有什么需要我们效劳的吗？"田鼠女王说。

铁皮樵夫想了一会儿，也想不到需要田鼠们帮忙的事情，稻草人也在一边不停地想。

突然稻草人想到了，就对着田鼠女王说：

"女王陛下，可以请您的子民帮我们救救那只昏倒在罂粟花田里的狮子吗？他可是我们重要的朋友。"可田鼠女王听到"狮子"这两个字，已经开始害怕得结巴起来了。

"什么，什么？狮子？先生，我……我们……怎么能救那么大的东西呢？如果他清醒了，会不会把我们，我们，全都吃掉？"

"您放心吧，"稻草人对田鼠女王说，"我们的狮子朋友既胆小又善良，绝对不会伤害谁的。我可以保证这一点。"

田鼠女王点点头，又问道："那我们要怎么做呢？"稻草人回答说："女王陛下，

③"田鼠女王从角落里露出小脑袋"生动、贴切、形象地将田鼠女王的惧怕写得十分真切。

④多萝茜"吓了一大跳"、田鼠"怯怯地"这些神态的描写生动形象地写出了多萝茜和田鼠见面时的害怕，也将这一情景生动有趣地再现于读者面前。

绿野仙踪

一共有多少子民听命于您呢？"

"这里的几千只田鼠都听我的命令。"田鼠女王说。"那请您让每只田鼠都带一根绳子来这里好吗？"稻草人高兴地说。田鼠女王立刻吩咐下去，将旨意传达给田鼠王国的全体子民。

没有多久，田野中便跑来几千只田鼠，从四面八方涌来的田鼠都带着一根绳子，等待田鼠女王的吩咐。

稻草人看着绳子已经准备好了，便转身对铁皮樵夫说：

"现在该是你出力的时候了。要尽快去森林中砍一些木材，做一辆可以运狮子的车。"

铁皮樵夫听了稻草人的话，便立刻跑到森林里，没用多久就做了一辆简易的四轮车回来了。

④这个时候在草地上休息的多萝茜醒了过来，看见周围全是大大小小的田鼠，吓了一大跳，田鼠们也怯怯地看着这位姑娘。铁皮樵夫马上把他们的经历告诉了多萝茜，还向多萝茜介绍田鼠女王，"你看，这位就是田鼠女王。"田鼠女王优雅地向多萝茜行了个礼，多萝茜也赶快向女王问好："您好，尊敬的女王陛下。"没多久，她们便成了好朋友。

稻草人和铁皮樵夫把所有田鼠带来的绳子都系在木车上，绳子的另一端系在每个田鼠的身上。虽然车子比田鼠重好多倍，但几千只田鼠一起用力，很快就把车子拖到了狮子昏睡的地方。

大家又费了好大的力气才把狮子这个大家伙弄到木车上，所有的田鼠又一起用力，拉着木车，但这回就更加费力了，因为这只狮子实在太沉了。铁皮樵夫和稻草人跑到车后，用力地推着，车子就这样一步一步地被拉出罂粟花田。大家把狮子放到草地上，好好地休息了一下。多萝茜跑过去迎接大家，看见狮子被救了回来，高兴极了，连忙向田鼠女王道谢：

"女王陛下，实在太感谢您和您的子民了！"

⑤从田鼠女王和多萝茜的对话中可以看出女王知恩图报、谦恭有礼,塑造出与我们平时所见的田鼠不同的形象,极具童话的感染力。

⑥通过对狮子的语言描写说出了一个道理,人与人之间要互相帮助,大小并不是衡量力量的标准。

⑤"不用客气,"田鼠女王谦恭地说,"我还要感谢这位铁皮樵夫救了我的命呢。要不是他,我可能早就死在大野猫的爪下了。"

在离开前,田鼠女王从身上拿出一只小巧玲珑的哨子,交给多萝茜说:

"如果你们以后需要我的帮助,只要吹吹这只哨子,我就会立刻赶到帮助你们的。"

多萝茜接过这只小哨子,只见这只哨子和麦秸一样大,上面还刻着美丽的花纹,很精致。多萝茜吹了一下,声音清脆悦耳。

多萝茜很高兴地把它收了起来,又谢了谢田鼠女王。

田鼠女王带着她的子民告辞了。

多萝茜连忙抱紧托托,以免这个小家伙再去追赶田鼠们,吓到他们。现在,大家坐在狮子旁边,还摘了些果子,等待狮子醒来。

狮子因为在罂粟花田里昏睡的时间长,过了很久才醒来,他睁开惺忪的睡眼,很惊讶地发现自己仍

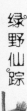

绿野仙踪

68

在伙伴们身边,开心地大叫起来:

"我居然还活着？太棒啦！伙伴们,你们是怎么把我弄出那可怕的花田的？"

⑥大家就把田鼠们救狮子的经过全告诉了他, 狮子听过后,哈哈笑了起来:"我以为自己很强大,别人看到我也会害怕,但却被小小的花儿害得差点儿丢了性命,又被小田鼠救了回来,这可真是太奇妙了！"

"所以,我们是不能用大小来衡量事物的力量的！"铁皮樵夫笑着说。

"我没有亲眼看到这件事,真是遗憾！"狮子边说边摇头,为自己没赶上热闹而不停地惋惜。

阅读心得

铁皮樵夫救了危险中的田鼠女王,而因为这样,小田鼠们又帮助铁皮樵夫将庞大的狮子抬出了罂粟花田。因此,请相信,只要诚恳地待人,尽自己的能力去帮助别人,就一定会得到回报的！

第九章 神奇的翡翠城

导语

历尽艰辛的伙伴们终于到达了美丽又神奇的翡翠城,大家都迫不及待地想见见传说中的伟大的澳芝,他究竟是什么样子呢?

①对翡翠城的环境和人们外貌的描写,显出了翡翠城的特点,到处都是绿色,带读者进入了一个新的环境和故事情节。

绿野仙踪

"伙伴们,我们现在必须马上继续上路去寻找黄砖路。只有顺着黄砖路前进,我们才能到达翡翠城。"多萝茜说。

大家点点头,振作精神,出发了。大家走过柔软又碧绿的草地,很快就找到了黄砖路,继续向翡翠城前进。

现在这条黄砖路越走越光滑平坦,连周围的景色也越来越美了。大家都很高兴,终于远离了各种危险。①大家又看见了路边的小栅栏,只不过颜色已经变成了绿色。路边还有一排排小房子,也是绿色的。当多萝茜他们经过时,房子里的人都站在门口看着他们,但是却不敢过来和他们打招呼,因为人们都害怕跟在多萝茜身后的大狮子。这里的人都穿着像翡翠一样绿色的衣服,戴着和芒琦金人一样的尖顶帽子。

"看来,我们一定快到翡翠城了。"多萝茜开心地说道。

稻草人说："没错。看这里的人都穿着像翡翠一样的绿色衣服，其他的东西也都是绿色的，和芒琦金人喜欢蓝色应该是一个道理。不过，这里的人好像没有芒琦金人那样友好和好客，我担心找不到一个地方留下来过夜。"

多萝茜说："说实话，我饿坏了。我想吃点果子以外的东西，托托也一定饿极了。这样吧，我们到下一座房子时就敲敲门，看能不能吃点儿东西，在那儿过夜休息一下。"

他们到了一座不大不小的房子前，多萝茜深呼了一口气，鼓起勇气去敲门。一个农妇只把门打开了一条小小的缝儿，怯怯地看着她说："孩子，你有什么事？为什么带着一头狮子？"

"请问，我们可以留下来在这儿过夜吗？这只狮子是我的朋友，你们不用害怕，他是不会伤害你们的。"多萝茜诚恳地说。

"那他很温驯、很乖了？"农妇接着问，并把门开大了一点儿。

"当然了！他其实是个胆小的狮子，他还害怕你们呢！"多萝茜说。

那农妇仔细地想了好一会儿，看了看多萝茜，又看了看狮子，说："如果你说的是真话，就请进吧。我帮你们准备一些吃的，你们再好好睡一觉。"

大家进了屋子。屋子里还有一个男人和两个小孩子，男人的腿受伤了，所以在角落的床上躺着。他们看见多萝茜他们这么一个奇怪的组合，都非常惊讶。在农妇忙着招呼多萝茜他们的时候，男人问道："你们要去哪里啊？"

"我们都要去翡翠城，拜访伟大的澳芝。"多萝茜回答说。

②"可是，听说几乎没人能接近澳芝。我去过几次翡翠城，那是个美丽又神秘的地方。但是我从来没见过伟大的澳芝。"男人说。

"他真的从来没有出来过吗？"稻草人问。

"是的，他从来不出来，他每天都坐在宫殿里的宝座上，就连服侍他的人，也没有看见过他的样子。"男人回答。

"澳芝到底长得什么样？"多萝茜好奇地问。

"这可不好形容。你知道，澳芝是位伟大的魔法师，他可以把自己变成各种样子。据说，他像一只鸟，但也有人说他像一头大象，还有人说他像一只猫，更有人说他是一个美丽的神仙。反正只要他想变成什么样子，就会是什么样子。因此，澳芝真正的样子，没有人知道。"男人说。

"真奇怪啊！但我们还是想去试一试。如果我们连试都不试，那这次旅程的辛苦就都没有意义了。"多萝茜说。

"你们为什么一定要去见那个可怕的澳芝呢？"男人问。

"我想请求他给我一个脑子！"稻草人说。

男人肯定地说："你的这个请求很简单，澳芝一定会满足你的，因为他有很多脑子。"

"我想请求他给我一颗心。"铁皮樵夫说。

男人继续说："这也不困难，澳芝有很多不同形

②男人的话透露出澳芝的生活习惯以及他的神秘，给人以悬念，激发读者的阅读兴趣。

③"摇"字用的好，传神地写出了小托托友好、可爱之状。

④用绿光预示即将到达翡翠城，也预示着新的希望就在眼前。

绿野仙踪

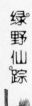

状、不同大小的心。"

"我想请求澳芝给我胆量。"狮子说。

"澳芝的宫殿里有一大堆胆量,他用金盖子盖着,怕它们溜掉。澳芝一定会答应给你一些的。"男人又说。

多萝茜说:"我想请求澳芝把我送回堪萨斯。"

"堪萨斯在哪里?"男人问。

"我也说不清楚,但那里是我的家乡,它一定在这个世界上的某个地方。"多萝茜回答说。

"嗯,我知道了,澳芝本领那么大,一定会知道堪萨斯在哪儿,他也一定会把你送回家乡的。不过,首先要想办法见到澳芝,这可是件困难的事情。因为他不喜欢见别人,他只是按照他自己的想法生活,脾气有些古怪。"男人说。

"那你有什么要求?"男人又问了问托托。

③托托只是摇着它的小尾巴。当然了,它可不会讲话。

这时,农妇做好了晚饭,过来招呼大家吃饭。大家围坐在餐桌前,多萝茜吃了一些燕麦粥,一碟炒鸡蛋,还有一盘精白面包,她吃得很开心。狮子只吃了些燕麦粥,但他不太喜欢,他说燕麦粥是用燕麦做的,而燕麦是马吃的东西,狮子可不爱吃。稻草人和铁皮樵夫什么也不用吃,只静静地坐在桌前。托托把桌子上的东西全都吃了,特别高兴。

吃过饭,农妇就把多萝茜带到为她准备的房间休息,小狗托托睡在多萝茜的旁边,狮子守在门口,这样,多萝茜就可以放心地睡觉了。稻草人和铁皮樵夫整晚都静静地在角落里坐着,当然,他们不睡觉也没有关系。

第二天清晨,太阳刚刚升起来,大家就出发了。④不久,就看见前方的天空出现一道绿光。

"那里一定就是翡翠城了!"多萝茜兴奋地说。

大家继续前进，绿光也越来越亮了，他们终于要到达目的地了。到了下午，他们来到了翡翠城的城门前，城墙又厚又高，也是像翡翠一样的绿色。

在他们的面前，是黄砖路的终点。那里有一扇大门，全是用翡翠做成的，太阳照射在上面，发出耀眼的光芒，好看极了。

城门旁有一个门铃。多萝茜按了按钮，听见里面响起了清脆的铃声，没多久，翡翠大门就慢慢地打开了，大家走了进去，来到一间高拱形屋顶的大屋子里，四周的墙壁上镶嵌着翡翠，光彩夺目。

⑤一个像芒琦金人一样高的小人儿站在他们面前，他从头到脚穿的都是绿色的衣服，更奇怪的是，连他的皮肤也是浅绿色的。在他的身旁，还放着一只大大的绿色箱子。

小人儿看着多萝茜和伙伴们，问："你们来翡翠城有什么事？"

⑤ 满眼的绿色使翡翠城这个名字更加贴切，生动形象。

⑥ 通过语言描写，从小人儿的口中得知更多澳芝的性格特点。

绿野仙踪

74

"我们想见伟大的澳芝！"多萝茜回答说。

小人儿听到多萝茜的回答后，坐下来想了好一会儿，继续说：

"已经很久很久没听见有人说想见澳芝了。澳芝很强大，同时也很可怕。如果你们只是无聊或是因为一些愚蠢的事情而打扰他，说不定他会发怒，马上杀掉你们。"

稻草人坚定地回答说："我们请求澳芝帮助我们的事，既不是无聊的事，也不是愚蠢的事。有人告诉我们，他是一位善良又伟大的魔法师。"

⑥<u>"他的确是善良的。要知道，他非常有能力，把我们翡翠城管理得整齐又有秩序，但是，对于那些不诚实、想要欺骗澳芝的人，或是只是因为好奇才接近他的人来说，他是很可怕的。</u>说实话，很少有人请求拜见澳芝。而我是这里的守门人，你们想见澳芝，我就会带你们进去。但是，进去之前，你们所有人必须戴上眼镜。"守门的小人儿说。

"为什么要戴眼镜呢？"多萝茜问。

"如果你们不戴眼镜，你们的眼睛就会被翡翠城里的强光伤害到。眼镜都在箱子里锁着，只有我才有钥匙。翡翠城刚建的时候，澳芝就命令我这样做了。"小人儿说。

守门的小人儿打开了箱子，多萝茜看见里面是各式各样、不同大小的眼镜，镶的全是绿玻璃。小人儿帮多萝茜选了一副适合的眼镜，帮助她戴上。眼镜上有两条金带子，小人儿帮多萝茜紧紧地系在脑后，后面还用一把小小的锁头锁住了。锁的钥匙，拴在一根长长的链上，挂在小人儿的脖子上。这样戴上眼镜后，多萝茜就不能自己把它拿下来了。但是多萝茜也不敢摘下眼镜，她怕翡翠城里的强光损伤她的眼睛，所以，她也没再说什么。

铁皮樵夫、稻草人、狮子和托托也都在小人儿的帮助下先后戴上了眼镜。小人儿自己戴上眼镜后告诉他们马上领他们进城。他从墙上的木钉上取下了一大串钥匙，用钥匙开了另一扇门。多萝茜他们一直跟着他，进入了翡翠城的大街。

⑦多萝茜和伙伴们戴上了眼镜，不再觉得翡翠城耀眼闪亮了。附近都是美丽的屋子，全是用绿色的大理石修建成的，到处是闪闪发光的翡翠。他们走在用翡翠铺成的人行道上，每一家窗户上镶嵌的也全是绿玻璃。连太阳的光线，也被染绿了，翡翠城的天空也是淡淡的绿色。

城里到处是来往的人，不管是大人还是小孩儿，男人还是女人，身上穿的都是绿色的衣服，连皮肤也都是绿色的。大家都很惊讶地看着多萝茜和她的伙伴们，而当小孩子们看到狮子的时候，都吓得跑远了，没有人敢和他们说话。

街道旁边有许多商店，里面的每一种商品也都是绿色的。绿色的糖果、绿色的爆米花、绿色的鞋子、绿色的帽子、绿色的衣裳等等，街上还有人在卖绿色的柠檬水。而人们买东西时，他们付的钱也都是绿色的。

翡翠城里好像没有马，也没有其他的动物。人们用绿色的小车来回运送货物，大家似乎都很开心快乐，看上去都很满足。

守城门的小人儿带着多萝茜他们穿过街道，一直走到了一座大房子前，而这里就是伟大的魔法师澳芝的宫殿，它位于翡翠城的最中心的地方。门前有一位士兵在站岗，他穿着绿色的制服。

守城门的小人儿对士兵说："这是几个客人，他

⑦一片绿色，突出了翡翠城全部是绿色的特点。带给读者感官的色彩冲击。

⑧一系列的动作行为写出了此处的神秘气氛，留下悬念。

⑨详细描写这里一系列的绿色装扮，十分有翡翠城的特点，更显美丽和富有特色。

绿野仙踪

76

们想拜见伟大的澳芝。"

绿制服士兵看看多萝茜他们说:"进来吧! 我要先去向澳芝报告。"

⑧士兵领着多萝茜他们穿过了宫殿大门,来到了铺着绿色地毯的大房间里,房间里摆放着的许多家具也都是绿色的,看上去美丽又可爱。进房间前,绿制服士兵先让大家在绿地毯上擦净鞋子,等大家都坐下来之后,绿制服士兵有礼貌地说:"请你们先在这里稍稍休息一下,等我去向澳芝报告后,再通知你们。"

多萝茜他们等了很久后,绿制服士兵终于回来了,多萝茜问:"你见到伟大的澳芝了吗?"

绿制服士兵回答说:"没有,我从来没见过澳芝,他一直坐在幔帐后。我向他报告说你们想见他,他听过后说,如果你们那么想见他,就见见吧! 但是,他的要求是你们必须单独去见他,而他每天只见你们中的一个。所以,你们要在宫殿里待上几天。我已经为你们准备好了房间,经过长途跋涉,你们也一定都累坏了。"

多萝茜说:"谢谢你! 也感谢澳芝的美意! 他真是一个好心的人。"

绿制服士兵吹响了一支绿色的笛子,没多久,一位年轻的姑娘就走了进来。⑨姑娘穿着美丽的绿色丝袍,有一头漂亮的绿色头发和一双美丽的绿眼睛, 她向多萝茜鞠了一躬, 优雅地说:"请跟我来,我带您去房间休息。"

多萝茜抱起小狗托托,和伙伴们道了别,跟着绿衣姑娘穿过了七条门廊,爬了三座楼梯,来到了宫殿前的一个小房间里。这个小房间太可爱、太美丽了,里面有一张精致的小床,上面是绿绸缎的被子,还铺着绿天鹅绒的褥子。房间中央还有一个小喷水器,向空中喷出绿色的香水, 水花又落在一个雕刻得很雅致的大理石水盆中。房间里还有装满绿色书籍的美丽书架。多萝茜翻开这些书,里面都是一些奇怪又有趣的绿色图案，多萝茜看得开心极了。

房间里还有一个衣柜，里面都是用天鹅绒和绸缎做成的绿色衣服，都像是为多萝茜定做的一样，正适合她穿。

绿衣姑娘对多萝茜说："你就当是在自己家一样。如果需要什么，就摇门铃。澳芝明天一早就会派人来通知你的。"

绿衣姑娘把多萝茜安顿好后，又把铁皮樵夫、稻草人和狮子分别带到了他们的房间，大家都觉得很新鲜。但是，对于稻草人来说，这样的安排并没有多大的意义。要知道，当他一个人在房间时，他不知该干些什么，只能傻傻地站着，等着天亮。他不知道应在床上躺着休息，眼睛也闭不起来，所以，整夜都看着房间角落里的小蜘蛛在织它的网。

⑩虽见不到澳芝，但还是每天到宫门前等候。此处描写表现了澳芝的神秘和见他的困难。

⑪对房间及其四周的描写，烘托出神秘奇异的气氛，令人遐想。

绿野仙踪

铁皮樵夫因为以前是有血有肉的人，所以他知道应该睡在床上。但是，他无法入睡，整夜都在不停地活动关节，保证自己能够灵活地运动。

狮子虽然不喜欢睡在房间里，也不习惯在床上睡觉，他更喜欢树林里铺满干树叶的床，但是他还是很聪明的，不会想其他的事，跳上床蜷着，很快就睡着了。

第二天清晨吃过早饭后，绿衣姑娘就过来找多萝茜了，帮多萝茜在衣柜中挑了一件最漂亮的绿锦缎裙子，绿衣姑娘还帮托托在脖子上系了一条绿丝带。一切整理好后，绿衣姑娘就带着多萝茜去澳芝的宫殿了。

她们先到了一个大厅，那里有许多绅士和贵妇人，都穿着华丽的衣服。他们好像不用做什么事，只是聚在一起闲聊。⑩<u>尽管他们从来没被允许见过澳芝，但是他们还是每天都到宫门前等候。</u>当他们看见多萝茜走进来，都惊讶地看着她，其中一个人用低低的声音问："你真的愿意见澳芝那张可怕的脸吗？"

多萝茜点点头说："当然，如果他愿意见我，我当然愿意看看他的脸。"

绿制服士兵说："他愿意见你，尽管他一直不喜欢有人打扰他。其实，当我刚向他报告说你想见他时，他很生气，并命令我把你赶回去。但是之后我说到你穿着银鞋子时，他觉得很有趣。最后，当我把你额上的印记告诉他时，他就同意你来见他了。"

这时候，响起了一串儿铃声。绿衣姑娘对多萝茜说："这是澳芝要见你的信号，现在你必须一个人去见澳芝。"

绿衣姑娘推开了一道门，多萝茜做了一下深呼吸，勇敢地走了进去。⑪<u>她发现自己进入了一个神秘的地方，这是一间有着高高的圆拱形屋顶的房间，四周的墙壁、天花板和地板，也都是用大块的翡翠装饰着。而屋顶的中央挂着的一盏大灯也是用翡翠做的，闪动</u>

着奇异的光芒,照得整个房间亮亮的。

但最让多萝茜感兴趣的就是房间中央的那张巨大的绿色大理石宝座。它就像把椅子,和翡翠城的其他东西一样,也闪动着奇妙的绿色光芒。⑫而宝座上有一个头,甚至比最大的巨人头还要大,没有身体,也没有四肢。头上光光的,连头发也没有,只有一双大眼睛、一个大鼻子和一张大嘴巴。

多萝茜惊奇又害怕地看着这个巨大的头,头上的眼睛慢慢地转动着,注视着多萝茜,接着大嘴巴也一动一动地发出声音。

"我就是伟大又可怕的澳芝,你是谁? 为什么到这里来? "

那声音并没有多萝茜想象中的那么大,她安心了一些,怯怯地说:"我是多萝茜,弱小又温和,我来见您是想请您帮助我。"

那双眼睛一直注视着多萝茜,有一分钟那么久。然后,又听见那个巨大的头说:"你从哪里得到这双银鞋子的? "

多萝茜回答说:"我家的小木屋被龙卷风刮到了芒琦金国,小木屋落下时就压死了东方恶女巫,所以我得到了东方恶女巫的这双银鞋子。"

巨大的头继续问:"再告诉我,你额上的印记又是如何来的? "

多萝茜乖巧地回答说:"这是善良的北方女巫与我分别时,吻了我的额头而留下的印记,也是她告诉我,您可以帮助我。"

那双眼睛仍然犀利地盯着多萝茜,确信多萝茜

⑫对大头的细致描写,写出了他的可怕和奇怪。

⑬对澳芝的期望却换回杀人的命令,多萝茜十分失望,忍不住哭泣。澳芝的回复令故事出现转折,进入高潮。

绿野仙踪

没有说谎,接着问:"你想我帮助你做什么?"

多萝茜诚恳地说:"请您帮助我将我送回家乡堪萨斯。虽然您的国家美丽又富足,但是我还是想回到亨利叔叔和爱姆婶婶身边。我离开家已经很久了,我的叔叔、婶婶一定很挂念我的。"

那双大眼睛转了好几圈儿,看看天花板,又看看地板,最后看着多萝茜说:"那我为什么要帮助你?"

多萝茜回答:"我只是一个小女孩儿,而你是伟大的魔法师,那么强大又有力量。"

"可是你杀死了东方恶女巫,不是吗?"巨大的头说道。

"可那是偶然的,而且是我的小木屋压死她的,我自己并没有这样的能力。"多萝茜说。

"我会好好考虑你的请求的,但是在这之前你要为我做一件事。"巨大的头说。

多萝茜问:"您需要我为您做什么事?"

"去杀死西方的恶女巫!"巨大的头回答说。

"什么?这我怎么能办得到呢?"多萝茜吃惊地喊。

"你已经把东方的恶女巫杀死了,而且拥有了这双充满魔力的银鞋子。现在只剩下西方的恶女巫了。你只有除去她,我才能把你送回家乡。"巨大的头固执地说,"在这之前,我是不会帮你做任何事的。"

⑬多萝茜失望极了,忍不住大哭起来,她哭着说:

"我不想去杀死任何人。即使我愿意,我又怎么能杀得了那西方恶女巫呢?您那么强大,都杀不了她,我怎么能做得到呢?"

81

巨大的头冷冷地回答："我不管这些，除非你杀死了西方恶女巫，否则我是不会送你回家乡的。那样的话，你就永远见不到你的叔叔和婶婶了。你要记住，西方恶女巫是可恶又凶狠的，必须杀死她。去做你该做的事吧，完成后再回来见我。"

多萝茜哭着离开了澳芝的宫殿，回到了伙伴们身边。大家都焦急地等着她回来，想知道她去见澳芝发生了什么样的事。

<u>⑭"我的希望没了！澳芝对我说，只有我杀死了西方恶女巫，他才会送我回家乡。但是，这件事我怎么能做得到呢？"多萝茜沮丧地说。</u>

大家听了多萝茜的话，都很发愁，但是也没有办法帮她想出好主意。多萝茜只能回到自己的房间，难过地哭着，直到睡着。

第二天早上，绿制服士兵过来找稻草人，对稻草人说："轮到你去拜见澳芝了，请跟我来吧。"

于是稻草人就跟着绿制服士兵来到了澳芝的宫殿，但是他看见的是一位高雅迷人的夫人坐在大理石的宝座上。这位夫人穿着绿色的衣服，头上戴得是一顶绿色的宝石皇冠，她的肩膀上还长着一双翅膀，轻盈又可爱。

稻草人用他认为最优雅得体的姿势向夫人深深地鞠了一个躬。美丽的夫人温柔地看着他，说：

"我就是伟大又可怕的澳芝，你是谁？为什么来找我？"

稻草人吃惊极了，因为他见到的澳芝是这样一位迷人的夫人，而不是多萝茜说的那个巨大的头。不

⑭从多萝茜的语言中可以看出她的善良，不愿意去杀人，尽管杀的是恶女巫。

绿野仙踪

82

过，他还是镇静勇敢地回答：

"我是一个稻草人，我的身体里都是稻草。所以我没有脑子，我想请您给我安一个脑子。"

夫人说："我为什么要帮助你？"

"我只是个稻草人，而您那么强大又有力量，除了您，我想没有人能帮助我了。"稻草人说。

"可是我从不轻易帮助别人，除非他帮我做一些事。如果你帮我杀死西方恶女巫，我就帮你安一个聪明的脑子，你就会变成最聪明的人。"澳芝说。

稻草人惊讶地说："您不是让多萝茜去杀死西方恶女巫吗？"

"没错，我是对多萝茜说过。我并不在意是谁杀死西方恶女巫，但只有西方恶女巫死了，我才能答应你们的请求，帮助你们。去吧，去做你该做的事吧！"澳芝说。

稻草人垂头丧气地回到了伙伴们的身边，将澳芝的话告诉了大家。

"什么？他不是一个巨大的头吗？怎么会是一位美丽迷人的夫人呢？"多萝茜很惊讶地问稻草人。

"她虽然是一位美丽优雅的夫人，但是她和铁皮樵夫一样，需要一颗心！"稻草人说。

又过了一天。到了早上，绿制服士兵来找铁皮樵夫，说："澳芝要见你了，请跟我来吧。"

铁皮樵夫也跟着绿制服士兵到了澳芝的宫殿。铁皮樵夫不知道自己见到的澳芝会是巨大的头还是一位美丽的夫人。他希望见到的澳芝是一个美丽的夫人，他对自己说：

"如果澳芝是一个巨大的头，估计我就没有办法得到一颗鲜活的心了，因为他自己也没有心；但如果是一位美丽优雅的夫人，我一定好好恳求她，请她给我一颗心。大家可都说女士们是最善良的。"

但当铁皮樵夫走进宫殿时，看见的澳芝既不是巨大的头，也不是美丽的夫人，而是一头特别可怕的怪兽。它几乎和大象一样大，绿色的大理石宝座都快被它压坏了。它长着很可怕的头，居然有五只眼睛，身上长着五只手臂和五条腿，全身上下还有一层像羊毛一样厚的毛。还好铁皮樵夫没有心，不然，他一定会被吓坏的。而现在的他，没觉得特别害怕。

"我就是伟大又可怕的澳芝，你是谁？为什么来找我？"野兽大声地喊道。

铁皮樵夫回答说："我是一个用铁皮做成的樵夫。我失去了我的心，也不知道什么才是爱。我想请求您给我一颗鲜活的心，让我和正常人一样懂得去爱。"

野兽说："我为什么要帮助你？"

铁皮樵夫说："因为只有伟大的您才能帮助我。"

野兽先咆哮了一声，又说："如果你真的想得到一颗鲜活的心，需要你自己去努力。"

"我该怎么做呢？"铁皮樵夫问。

"去帮助多萝茜杀死西方恶女巫吧，完成后再来见我，我会给你一颗最大、最仁慈的爱心。"

铁皮樵夫也只能难过地回到他的伙伴们身边。

⑮澳芝的多变令人迷惑不解，却也给他增加了神秘色彩，为故事增添了趣味性。

⑯从狮子的话可以看出他已经变得很勇敢，说明狮子不再胆小，并且能够鼓励伙伴了。

⑰狮子看到大火球先想到的是澳芝的安危，显现出狮子性格中善良的一面。

绿野仙踪

⑮当大家得知他看见的澳芝是一头怪兽时，都惊讶极了，大家真想象不到，澳芝居然会变成这种模样。

⑯狮子看大家都有些丧气，就拍拍胸脯说："明天轮到我去见他，如果他还是这个野兽的样子，我就冲他发出最凶猛的吼声，让他害怕，好答应我的请求；如果她是一位美丽的夫人，我就假装扑到她身上，逼着她答应我的要求；如果他是个巨大的头，我会让他向我求饶，不然的话，我就把他的脑袋在宫殿里滚来滚去。伙伴们，不要灰心，我们一定都可以实现自己的愿望！"

又过去了一天。早上，绿制服士兵来找狮子说："跟我走吧，澳芝要见你。"

狮子也跟着绿制服士兵来到了澳芝的宫殿。可狮子进门后，却只看见宝座上有一个大火球，火球熊熊燃烧着，热浪袭人。狮子完全不敢靠近它，甚至也不敢用正眼看它。⑰他先想到的是澳芝可能出了什么事，本来他想走近一点，但是他根本办不到，除非他想被烤焦。

就在这时，从火球中传出了一个平静、低沉的声音。

"我就是伟大又可怕的澳芝，你是谁？为什么来找我？"

狮子回答说："我是一头胆小的狮子，我很容易就害怕，我想请求您给我一些胆量，这样的话，我就可以成为一个真正的百兽之王了。"

"我为什么要帮助你？"澳芝说。

"因为您是最厉害的魔法师，只有您能帮助我，给我胆量。"狮子说。

这时火球烧得更旺了，只听

见那个声音又说：

"只要你杀死西方恶女巫，我就给你胆量。如果不这样做，你就会永远是个胆小鬼！"

狮子听了这话很生气，但他还是什么也没敢说，只是一言不发地站着，看着那个火球。⑱<u>火球突然燃烧得更旺了，狮子害怕地跑出了房间。</u>大家都在外面等着他，狮子就把刚才发生的可怕的一切告诉了大家。

"那我们现在该怎么办？"多萝茜说。

狮子回答说："看来只有一个办法了——就是去杀死西方恶女巫。"

"但是如果我们没法做到呢？"多萝茜问。

⑱ 几次描写火球变旺，给这个没有表情和动作的物体以特有的表达方式，表现情绪的变化，十分巧妙。

狮子大声回答："那我就永远得不到胆量了，我就永远是胆的小狮子了。"

稻草人说："那我就永远得不到聪明的脑子了。"

铁皮人说："那我永远都不会有一颗鲜活的心了。"

"那我也就永远都见不到亨利叔叔和爱姆婶婶了，我永远回不了家了！"多萝茜难过地说，还哭了起来。

绿衣姑娘突然冲多萝茜喊："请小心一些！你流下的眼泪会弄脏衣服的。"

多萝茜擦干了眼泪，对着伙伴们说："我想，我们一定要试试，但我又不想随便杀死任何人。"

狮子说："我要和你一起去。但是我胆子小，也不敢杀什么人。"

稻草人也大声地说："我也要去！但是我没有脑子，也许对你来说，没有什么帮助。"

绿野仙踪

86

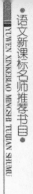

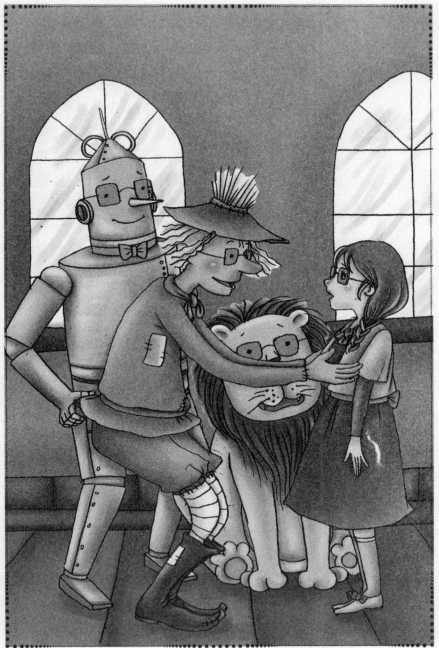

铁皮樵夫说:"虽然我也不想伤害西方恶女巫,即使人们都说她又凶狠又邪恶,但如果你们都要去,我也和大家一起去。"

于是,伙伴们决定第二天就出发。大家都回到各自的房间,为之后可能更危险的旅程作好准备。⑲稻草人重新用新的稻草装满了身体,多萝茜还帮他画了画眼睛,让他看得更远、更清楚;铁皮樵夫用翡翠城里的绿色石头不住地磨着自己的铁斧,还把身上所有的关节都上了一遍新油;就连胆小的狮子也在不停地活动身体,跳个不停,还时不时地吼叫两声。绿衣姑娘对大家很好,她为多萝茜准备了很多美味的食物,把多萝茜的小篮子装得满满的,还特意给托托系上了挂着小铃铛的绿色丝带。伙伴们很早就休息了,为之后的旅程储备精力。

⑲大家出发前作了充分的准备,写出了大家迎接困难的勇气。

绿野仙踪

阅 读 心 得

多萝茜和伙伴们希望得到澳芝的帮助,实现愿望,但澳芝却要他们必须先除掉西方恶女巫才能帮助他们。美好愿望的达成正是需要很多努力才能实现的,只要用心奋斗,就一定可以实现自己的愿望。

第十章 邪恶的西方女巫

西方恶女巫既阴险又狡诈,还没有见到多萝茜他们,就派了好多部下来攻击他们。大家会安全地到达温基国吗?多萝茜能除掉西方恶女巫吗?

第二天天一亮,多萝茜和伙伴们就告别了住了几天的澳芝宫殿,准备向西方恶女巫所在的温基国出发了。

绿衣姑娘将他们带出澳芝宫殿,接着绿制服士兵又带他们到守城门的小人儿那里。

守门的小人儿拿出脖子上的钥匙,打开了大家绿色眼镜上的锁,帮每个人摘下眼镜,又把眼镜小心地放回箱子里。他边做事,边问多萝茜:

"你们都见到伟大的澳芝了吗?"

"是的。"大家回答说。

守门的小人儿立刻露出羡慕的表情,并叹了一口气说:

"真羡慕你们见过澳芝,我在这里这么久了,都不知道他到底是什么样子呢!"

"他的样子可说不清。"稻草人回答说。

"澳芝没有固定的样子,因为我们见到的澳芝都不一样。"铁皮樵夫也说道。

"对了，您能告诉我们怎么去温基国吗？我们应该往哪个方向走？"多萝茜问守门的小人儿。

"什么？温基国？这里是没有路可以直接通往温基国的。因为这里的人才不愿意去那个地方受苦、受欺压呢。"守门的小人儿肯定地说。

"那么我们怎样才能找到西方恶女巫呢？"多萝茜问。

①通过小人的话使读者了解了一些西方女巫的状况，引出下文，也让读者不免为多萝茜以及伙伴们的未来担心。

①"这个你们就不用烦恼了，因为如果西方恶女巫知道你们已经在温基国了，她一定会来找你们，让你们成为她的奴隶。"守门的小人儿说。

"那我们要杀了她呢？我们说不定会做到的！"稻草人握着拳头说道。

"那就应该不一样了。"守门的小人儿说，"因为从来没有人说要杀死西方恶女巫，所以我想你们可能也会成为她的奴隶，就和所有的温基人一样。但是，你们要特别小心，西方恶女巫又凶狠又可怕，不会那么容易让你们成功的，你们顺着日落的方向走，就可以找到她了。"

②伙伴们所穿的衣服由绿色变成了其他颜色，这个变化对比突出了翡翠城的神奇。

"谢谢您，我们一定会再见的。"

"祝你们一切顺利！"

多萝茜和伙伴们告别了守门的小人儿，向西前进。

伙伴们穿过了软绵绵的青草地，草地上开满了美丽的雏菊。②多萝茜身上穿的还是在翡翠城穿的那件绿衣服，但让多萝茜感到奇怪的是，衣服已经不再是绿色的了，而变成了纯白色，连小狗托托脖子上系的绿丝带也变成了白色。

③恶劣的环境，衬托出此处的诡异，预示将要发生的危险。

绿野仙踪

现在大家离翡翠城已经越来越远，道路也变得越来越难走了，坑坑洼洼，经过的地方没有田地，也没有人住的房子，让人感觉很荒凉。

③大家看不到一棵树木，甚至连一棵小绿草也没有。太阳就这样火辣辣地照在大家身上，大家都累坏了，决定在荒地上休息一下，等恢复体力后再继续前进。

"唉，这里这么荒凉，连一棵树也没有，我们哪里有地方休息呢？"狮子无奈地说。

稻草人看了看四周，发现前面有几块大石头，就对大家说：

"我们到石头附近休息一下吧。"

伙伴们都很累，就走到大石头旁边阴凉的地方休息。

多萝茜、托托和狮子都太累了，没有多久，就睡着了。

稻草人和铁皮樵夫一直守在伙伴们身边，一个睁大眼睛，一个紧紧地握着铁斧，警惕地注视着四周。

但是，大家不会想到，从他们开始向温基国行进时，西方恶女巫就已经盯着他们了。

虽然西方恶女巫只有一只眼睛，但是这只眼睛非常的锐利，能像望远镜一样清楚地看到很远的地方。当她站在城堡上探出身子向窗外眺望，就看到了多萝茜和伙伴们，她立即露出了狰狞可怕的笑容，吹响了手上的银笛。

没有多久，一群凶狠的恶狼从四面快速地跑到了西方恶女巫面前。他们全都有着凶恶的眼睛，尖利的牙

齿,看上去每个都凶狠又贪婪。

"主人,您有什么事需要我们做？"一匹领头的狼问。

④<u>西方女巫恶狠狠地说:</u>

"<u>有一个小姑娘,一只小狗,一个稻草人,一个铁皮人,还有一头狮子。你们快去把他们咬死,撕成碎片!</u>"

"您不用他们给您当奴隶吗？"领头的狼问。

"算了,估计他们也没什么用,干不了什么活。你们直接把他们撕成碎片就行了!"西方恶女巫恶狠狠地说。

"知道了!我们马上就去。"领头的狼带着狼群迅速冲向多萝茜他们。

这时候,多萝茜、托托和胆的狮子还在熟睡中,还好有稻草人和铁皮樵夫守在他们附近,他们看到一大群恶狼就这样冲了过来。

"怎么办,有这么多野狼？"稻草人惊慌地问。

"让我来对付这些家伙吧。让他们尝尝我铁斧的厉害!"铁皮樵夫握紧铁斧,走上前去。

领头的狼已经恶狠狠地扑了过来,铁皮樵夫挥起手中的铁斧,看准恶狼的头,用力地砍了下去,领头的狼就这样死了。后面的狼也都扑了上来,铁皮樵夫挥着他的铁斧,就这样连着砍了四十只狼,地上一大堆狼头和尸体,铁皮樵夫放下斧子,喘了一大口气,对稻草人说:"真是场恶战啊!"稻草人看着地上狼的尸体,拍拍铁皮樵夫的肩膀说:"干得不错,朋友!"

④生动的语言描写,刻画出一个残忍邪恶的恶女巫。

⑤多萝茜和托托醒来时的反应衬托了场面的恐怖,也预示了他们今后的艰难。

绿野仙踪

92

铁皮樵夫想了好一会儿,说:

"这里这么荒芜,既没有树林,也没有其他动物,怎么会有这么多野狼呢?难道西方恶女巫已经知道我们来了?是她派野狼来杀我们的?"

"应该是,"稻草人想了想说,"那个守翡翠城城门的小人儿不就说过,西方恶女巫会来找我们的吗?现在怎么办呢?"

铁皮樵夫说:"看来我们要更小心了。西方恶女巫一定不会就这样放过我们的。"稻草人和铁皮樵夫更加不敢大意了,一直注意着周围的动静,以免再遇到什么袭击。

天渐渐亮了,多萝茜、托托和狮子醒了过来。⑤<u>多萝茜看见地上一堆狼的尸体,害怕极了,托托也吓得叫个不停</u>,铁皮樵夫和稻草人赶快将夜里发生的事告诉了大家,多萝茜说:"真是太恐怖了,看来我们要更加小心才行。铁皮樵夫,谢谢你昨晚那么勇敢。要不是你,估计我们就要被野狼撕成碎片了。伙伴们,我们继续上路吧。"大家整理了一下,继续前进。

西方恶女巫又站在城堡的窗前,向远处望着。结果她却看见多萝茜和伙伴们安然无恙地前进,而自己派去的野狼,全都变成了尸体,堆成一堆,西方女巫气得直跺脚,她大声地咒骂多萝茜他们,并又吹起了银笛。

这回,窗外飞来的是一大群乌鸦,黑压压的一大片。

"主人,您有什么需要我们做的?"一只漆黑的乌鸦头领问。

"去,把那些人的眼睛全部啄瞎!再把他们全都撕成碎片!"

"是的,主人。"

一群黑压压的乌鸦就这样飞去找多萝茜他们了。

多萝茜看到那么多乌鸦,觉得很害怕,铁皮樵夫看看狮子,也不知怎么办才好。稻草人走上前去,对大家说:"伙伴们,不要害怕!这次由我来对付他们!你们快点儿躲起来吧!"大家立刻都趴在地上,托托还缩到了多萝茜的怀里。

只见稻草人勇敢地站在最前面，伸直了胳膊，乌鸦看到了稻草人，都不敢上前，就像所有的乌鸦都不敢接近稻田里的稻草人一样。

"不要害怕，他只不过是个稻草人！我要把他的眼睛啄下来！"乌鸦头领恶狠狠地说，并向稻草人冲过来，稻草人伸出手，迅速地抓住了乌鸦头领的脖子，用力一拧，只听"咔嚓"一声，就把乌鸦头领的颈骨拧断了。稻草人随手将乌鸦头领的尸体扔在地上，坚定地看着剩下的乌鸦。其余的乌鸦很怕受到西方恶女巫的责罚，又一齐冲向稻草人，稻草人不断地挥舞着双手，拧断乌鸦的脖子，没多久就把乌鸦全都消灭了。

大家看到稻草人这么勇敢又厉害地除掉了乌鸦，都不住地用欢呼声来称赞稻草人。

西方恶女巫一直在她的城堡里看着多萝茜他们，当她看到自己派去的乌鸦全都死在了稻草人的手里，气得连头发都竖起来了。

"这些没用的笨乌鸦！"西方恶女巫大声地喊着，又拿起银笛吹了起来。

⑥城堡周围突然响起了一片"嗡嗡"声，随着笛声飞来的是一大片黑蜂。

⑥ "嗡嗡" "一大片"从听觉和视觉两方面渲染黑蜂的数量之多，突出恐怖的感觉。

绿野仙踪

一只黑蜂王问：

"主人，需要我们为您做什么？"

西方恶女巫恶狠狠地说：

"我要你们把那群人蜇死！一个都不要留！"

"是！"黑蜂王说。

黑蜂王带着蜂群，向多萝茜他们飞去。

铁皮樵夫很快发现了黑蜂，马上和稻草人商量好了对策，稻草人说："从我的身体中拿些稻草出来，给多萝茜、托托和狮子盖上，这样，黑蜂就蜇不到他们了。"

铁皮樵夫照做了，狮子趴在地上，多萝茜抱着托托也躲进了稻草里，铁皮樵夫用稻草把大家盖得严严实实。黑蜂很快就飞了过来，只看见铁皮樵夫一个人站在那里，黑蜂就狠狠地去蜇铁皮樵夫，可结果却把自己的

95

毒刺都弄断了，要知道，黑蜂和其他的蜂类一样，一旦失去了刺，也就没命了，黑蜂就这样一个个地丢了性命。

多萝茜和狮子从稻草中爬出来，大家帮稻草人重新装上了稻草，还特意把稻草人收拾得更漂亮平整。大家又数了数黑蜂的个数，也是四十只。

西方恶女巫看到自己派去的黑蜂又失败了，气得都要疯了，⑦她在城堡里大喊大叫：

"真是气死我了！都是些没有用的东西！我就不信打不败他们！"

于是西方恶女巫找来了十二个温基人奴隶，让奴隶们带着武器，去杀多萝茜他们，尽管这十二个温基人不想伤害别人，但却不敢违背西方恶女巫的命令，只好拿着武器向多萝茜他们冲去。这时候狮子冲了出来，冲着那些奴隶们大吼了一声，奴隶们没想到有头大狮子，吓得四处散去，拼命地跑远了。

多萝茜他们看到自己又一次胜利了，开心极了，不停地笑着。

⑧十二个温基人跑回了西方恶女巫的城堡，西方恶女巫看到他们的样子，气得不得了，就狠狠地打了奴隶们一顿，还惩罚奴隶们去干苦力。

这回西方恶女巫真的气坏了，她坐在宝座上想，为什么怎么都对付不了这几个人呢？难道他们真的有很强大的力量？女巫考虑了很久，终于决定用她的法宝来对付多萝茜他们。

西方恶女巫从她的橱柜中取出一个金盒子，小心翼翼地用钥匙打开上面的大锁，打开了盒子。

⑦通过语言和动作描写，揭示了西方恶女巫恶毒的性格。

⑧"狠狠地打"一词，一方面写出了西方恶女巫的邪恶，一方面反映了奴隶们的悲惨境遇。

⑨环境描写，突出西方恶女巫施展魔力后的气氛，渲染出阴森恐怖的效果。

绿野仙踪

金盒子里放的是一顶金色的帽子,在阳光的照射下发出闪闪的金光。这顶金帽子有很大的魔力,只要戴上这顶金帽子,就可以召唤飞猴,为自己做事,无论让飞猴做什么都可以,但只有三次这样的机会。西方恶女巫已经用掉了两次机会:一次是将所有的温基人都变成了她的奴隶,让温基国成为她的领地;第二次是让飞猴帮她打败澳芝,并占领西方。本来西方恶女巫想保留最后一次召唤飞猴的机会,但是她的野狼、乌鸦、黑蜂都死在了多萝茜他们的手里,她只好用这最后的法宝了。西方恶女巫小心地将金帽子戴在头上,然后只用左脚站立,大声地念着咒语:

"艾波——巴扑——卡基!"

接着,她又换右脚站立,继续念道:

"西罗——科啵——希啦!"

最后,她双脚并拢,大声说:

"西——科——如——楚!"

⑨<u>金帽子马上就发挥了魔力</u>,天空变得阴沉灰暗,布满了乌云。天空传来了"隆隆"的响声,而随着声音越来越近,出现在西方恶女巫面前的是一大群猴子。

这些猴子肩上都长着一对奇特却又充满力量的翅膀,可以在空中自由飞翔。

这群会飞的猴子一起站在西方恶女巫面前,不断地发出笑声与嬉闹声。

这时,从猴群中走出一只特别大的飞猴,应该就是这群飞猴的猴王了。

"这是你最后一次召唤我们了。你要我们为你做什么事?"飞猴王问。

"去给我杀死那几个人! 一个小女孩,一只小狗,一个稻草人和一个铁皮樵夫,全给我杀了! 那头狮子给我留着命,"西方恶女巫想了想，"我要让他当我的坐骑，我要永远地骑着他！"

"好的。我们会帮你做成这些事的。"飞猴王点头说道。

飞猴王带着一群飞猴叫着、闹着向多萝茜和她的伙伴们飞去。

多萝茜和她的伙伴们正向西前进，他们已经看到西方恶女巫城堡尖尖的屋顶了。

⑩"快看，我们就要到西方恶女巫的城堡了！"多萝茜兴奋地说。

"快看，那又是什么？"稻草人惊讶地看着天空，对伙伴们说，大家抬起头，只见一大片乌云正向他们冲过来，而其中又夹杂着各种喧闹声和叫嚷声。

大家都还来不及反应，就看见乌云中冲出一群长着翅膀的猴子。几只猴子用力地抓住铁皮樵夫，飞了起来，铁皮樵夫用力地挣扎，可飞猴们也越抓越紧，就这样，铁皮樵夫被飞猴们抓在空中飞了好久，最后把他扔到了一个满是尖利岩石的地方。铁皮樵夫被狠狠地摔了下去，摔得七零八落，动都动不了，连一点儿声音也发不出来了。

另外有几只飞猴抓住了稻草人，用尖利的爪子把稻草人身体里的稻草全都扯了出来，扔得到处都是。他们还把稻草人的帽子、鞋子、衣服团在一起，扔到了一棵高高的树上。

其余的飞猴把狮子团团围住，拿着又粗又结实的绳子，在狮子周围绕来绕去，没有多久，他们就把狮子的身子、头、四肢都绑得结结实实，这样狮子既

⑩对可能存在危险的西方恶女巫的城堡充满兴趣，从中反映出了多萝茜的天真无邪，多萝茜的兴奋是因为回家的愿望很快要实现了。

⑪飞猴的告辞的语言暗示了西方恶女巫没有帮凶了，他们的关系也不是朋友。

绿野仙踪

咬不了，也动不了了。飞猴们就这样把狮子抬到了西方恶女巫的城堡里。

　　多萝茜看见伙伴们一个个都惨遭厄运，难过极了，却又更加害怕，以为自己也要受苦了。飞猴王已经飞到了多萝茜的面前，伸出了毛茸茸的长臂，多萝茜已经看到了上面的利爪，但就在飞猴王正要下手的时候，却看见多萝茜的额头上有着北方女巫吻的印记。他立刻缩回手，也拦住其他想要伤害多萝茜的猴子。

　　"这个小姑娘的额头上有北方女巫吻的印记。我们不能伤害她，还是把她带回温基城堡，由西方恶女巫自己决定怎么做吧。"

　　于是飞猴们就带着多萝茜回到了西方恶女巫的城堡。

　　⑪飞猴王回到城堡后，将多萝茜带到了西方恶女巫面前，并对女巫说："你让我们做的事已经做完了，铁皮樵夫已经被我们扔到了崖底，稻草人也挂在高树上了，狮子已经绑好了放在你的牢笼里。但这个小姑娘有北方女巫吻的印记，我们不能伤害她和她怀里的那只狗。至于我们，已经为你服务三次了，你再也不能召唤我们为你做事了！"说完，飞猴王就带着飞猴们飞向天空，不一会儿就飞远了。

　　在面对西方恶女巫制造出的麻烦时，多萝茜的伙伴们发挥着各自的长处，击败了野狼、乌鸦和黑蜂。每个人都有自己的优点和长处，所以，我们不需要羡慕别人的优点，而要去发现自己的长处。

第十一章 意外的胜利

导语

多萝茜和伙伴们被飞猴们打败了，多萝茜被邪恶的西方恶女巫当成女仆，每天做着很辛苦的工作，还经常要受到西方恶女巫的恐吓。难道多萝茜只能这样生活下去吗？

①把多萝茜眼睛的"清澈""天真无邪的心"和西方恶女巫的粗暴对比，突出多萝茜的善良和女巫的恶毒。

绿野仙踪

②西方恶女巫的害怕，显示了她的胆小，也突出了狮子的勇敢和不屈。

西方恶女巫看到多萝茜额上吻的印记，又吃惊又害怕，不仅飞猴们不敢伤害多萝茜，连她自己也不敢把多萝茜怎么样。西方恶女巫又看到多萝茜穿的是东方恶女巫的银鞋子，吓得都想跑了，因为她知道这双银鞋子有着很强的魔力。

①本来，西方恶女巫差点儿就要逃跑了，可是她却偶然看到了多萝茜的眼睛，就没有了逃跑的念头。因为她从多萝茜清澈的眼睛里，看到了一颗天真无邪又纯洁的心，小女孩儿一定不知道银鞋子的魔力。于是，西方恶女巫壮着胆子粗暴地对多萝茜说："过来，我要告诉你应该记住的事。你要是不听我的话，我就像对待铁皮樵夫和稻草人一样对待你。"

多萝茜只得跟着西方恶女巫穿过城堡里的房间，最后到了厨房。西方恶女巫凶狠地命令多萝茜做打扫的工作，要把所有的碗、锅、小壶都洗干净，还要烧好火,多做些饭。

多萝茜听了西方恶女巫的话,乖巧老实地照着恶女巫的吩咐去做事了。只要西方恶女巫不杀她,她就暂时放心了。

西方恶女巫看到多萝茜乖乖地在厨房里干活,就放心多了。她走到院子里看了看狮子,她想骑在狮子身上,还想让狮子像马一样拉着她去她想去的任何地方,她觉得那样一定很威风又很有意思。但是,当西方恶女巫打开门时,狮子就冲着她不停地怒吼,凶猛地向她扑来。<u>②西方恶女巫害怕极了,慌忙地跑出了院子。</u>

西方恶女巫大声地对着笼子里的狮子喊道:"如果你不服从我,不当我的坐骑,我是不会让你吃东西的,直到把你饿死!"

从那天起,恶女巫就真的不让狮子吃任何东西了,她每天中午都会到门口来问狮子:"你现在愿意像马一样为我拉车吗?"

"不!只要你走过来,我就会一口吞了你!"狮子说。

其实,狮子一点儿都没挨饿,因为每天到了深夜,等西方恶女巫睡熟后,多萝茜都会偷偷地溜出厨房,拿些东西送给狮子吃。

吃过东西后,狮子就会躺在柔软的稻草上休息,而多萝茜就躺在狮子身上,头枕着狮子柔软蓬松的长毛。他们小声地交谈,希望能找到逃跑的方法。但是,他们怎么也想不出逃出去的办法,因为周围黄色的温基人看他们看得很紧,不停地在城堡中巡逻。温基人都是西方恶女巫的奴隶,不敢不按西方恶女巫的吩咐做事,也不敢帮助

多萝茜。

多萝茜每天都在厨房里辛苦地工作。西方恶女巫就拿着一把破雨伞，在多萝茜面前绕来绕去，总是恐吓多萝茜说要打她。但其实多萝茜额上的印记一直保护着多萝茜，西方恶女巫根本就不敢打多萝茜，可小女孩儿不知道这点，总是害怕被打而担惊受怕。

有一次，西方恶女巫用那个破雨伞用力地打了托托，托托立即凶猛地冲上去，一口咬住恶女巫的腿。但是西方恶女巫被托托咬过的地方并没有流血，因为西方恶女巫实在太邪恶了，很多年前，她的血液就干涸了。

现在的多萝茜生活得凄惨又可怜，她每天必须为恶女巫干好多好多的活，十分辛苦。她经常想，现在的情况，要想回家比以前更困难了，可能她再也回不到家乡了，再也见不到亨利叔叔和爱姆婶婶了。每次一想到这些，她就会伤心地哭起来，有时甚至会哭好几个钟头。每到这个时候托托都会守在多萝茜的身边，陪伴着她，发出"呜呜"的声音。其实托托只要能和小主人在一起就好，并不在乎在哪里生活，但是现在它清清楚楚地知道多萝茜在这里并不快乐。

现在，西方恶女巫想尽办法要得到多萝茜脚上的银鞋子。她的恶狼、乌鸦和黑蜂都死了，她的金帽子也为了对付多萝茜他们而失去了魔力，③如果她能拥有这双银鞋子，就能获得更大、更强的魔力。恶女巫总是注意着多萝茜，看她什么时候脱下鞋子，好趁多萝茜不注意的时候偷走鞋子。但是，多萝茜十分爱惜她的银鞋子，除了睡觉和洗澡外，从不脱下这双鞋。④而西方恶女巫其实很怕黑，所以她晚上不敢去

③西方恶女巫对多萝茜银鞋子的觊觎，可以看出她自私贪婪的本性。

④对西方恶女巫弱点的揭示，暗示出多萝茜和伙伴们打败她是有可能的。

⑤多萝茜无意地惩罚了坏人，却对此表示抱歉，表明她善良的性格。

绿野仙踪

多萝茜的房间，而多萝茜在洗澡时，西方恶女巫也不敢接近她，因为西方恶女巫最害怕水，比怕黑还要怕上好几倍。

但是，西方恶女巫邪恶又狡猾，她想出了一个偷多萝茜银鞋子的诡计。她把两根铁条放在了厨房的地板上，并用魔法隐形了铁条，让人看不见铁条。当多萝茜走进厨房时，根本看不见地上有铁条，一不小心就跌倒了。还好她并没有跌伤，但一只银鞋子却掉下来了，还没等多萝茜捡起鞋子，西方恶女巫就冲过来，把银鞋子抢过去，套在了自己丑陋又干瘪的脚上。

因为抢到了一只银鞋子，西方恶女巫非常地兴奋。她穿上一只银鞋子，就得到了一半的魔力，这样就算多萝茜知道了银鞋子的魔力，也不能用魔力来对付女巫了。

多萝茜见西方恶女巫抢走了自己的一只银鞋子，非常生气，她愤怒地说："快把鞋子还给我！"

恶女巫得意地回答说："做梦！我不会还给你的！这只鞋子现在属于我了！"

多萝茜生气地大声斥责西方恶女巫："你这个坏人，你不能抢我的鞋子！"

西方恶女巫更大声地笑着说："可是我得到了它，你又能怎么样呢？你那儿的另外一只鞋我也要抢过来呢！"

多萝茜被西方恶女巫气坏了，她气愤地拎起一桶水，向女巫泼了过去，把恶女巫从头到脚都淋湿了。没想到恶女巫竟然发出了一声恐怖的尖叫，多萝茜惊讶地看见恶女巫倒在水中，身体慢慢地融化着。

西方恶女巫痛苦地尖叫："可恶，你都干了什么？我马上就要化成水了！"

⑤多萝茜看着恶女巫就像一块冰一样慢慢融化了，她十分吃惊地说："对不起，我不知道会这样。"

西方恶女巫绝望地哭喊着说："你不知道水会毁了我吗？"

多萝茜回答说："不知道,我怎么可能知道呢？"

西方恶女巫继续说："用不了一会儿,我就要融化了,看来这座城堡要由你来管理了。我做了很多坏事,可是我怎么也想不到竟然会让你这样一个柔弱的小女孩给毁了。"

刚说完这些话,西方恶女巫就完全融化了,化成了一摊棕色的水,慢慢地渗透到地板里了。看见西方恶女巫就这样消失了,多萝茜便拼命地用水冲洗着地板,想将女巫留下的痕迹清洗干净。她捡起来那只美丽的银鞋子,擦干净后,又穿在脚上。多萝茜现在终于自由了,她开心地跑到院子里,告诉了狮子这个好消息。

狮子听说西方恶女巫就这样因为一桶水而融化了,高兴极了,多萝茜连忙将狮子放了出来。他们俩一起走进城堡,召集了所有的温基人,对大家说："西方恶女巫已经死了,现在大家都自由了,不用再当奴隶了。"

所有的温基人都兴奋极了,在街上载歌载舞来庆祝胜利。他们已经为恶女巫做奴隶做了许多年,现在终于自由了,他们都不知道如何将这满满的喜悦之情表达出来。最后,温基人一致决定,把这天当做温基国的纪念日,以后每年到了这一天,全国都会举行庆祝活动,庆祝温基人重新获得自由。

⑥狮子说："如果稻草人和铁皮樵夫一直和我们在一起,他们也一定会很高兴的。"

多萝茜忧郁地说："你觉得我们还能把他们救活吗？"

⑥狮子的话和多萝茜的"忧郁",写出了他们对朋友的关心和怀念。

绿野仙踪

狮子说:"不知道,但我们可以试一下。"

于是,多萝茜和狮子请来了许多温基人,问他们是否愿意帮忙救助稻草人和铁皮樵夫。温基人感激地对多萝茜说:"是你救了我们,让我们重获自由,我们愿意尽力为你做所有的事。"

多萝茜找了一些非常聪明又有本事的温基人,一齐出发去寻找铁皮樵夫。他们走了整整一天,才在崖底的乱石中发现了铁皮樵夫。铁皮樵夫浑身是伤,痛苦又无奈地躺着。他的铁斧也扔在地上,上面生满了铁锈,斧柄也已经断了。

温基人轻轻地把铁皮人扶起来,把他带回温基国城堡。多萝茜看见老朋友这么悲惨,伤心地哭了起来,狮子也非常难过。

多萝茜问温基人:"你们当中有能干的铁匠吗?"

温基人说:"有,我们温基国中有一些技术很高明的铁匠。"

多萝茜说:"那么,请他们过来一下吧!"

没有多久,一些铁匠就带着工具来找多萝茜了。

<u>⑦多萝茜问铁匠们:"你们可以修补好铁皮樵夫吗?可以帮他敲平所有凹凸弯曲的地方,接上断掉的地方吗?可以把他恢复成原来的那个样子吗?"</u>

铁匠们仔细地把铁皮樵夫全身检查了一遍,他们回答说:"我们应该可以把他修好,让他恢复到原来的样子。"

铁匠们在一间很大很大的屋子里开始认真地修复铁皮樵夫。他们连续工作了三天四夜,不停地在铁皮樵夫的腿上、身上和头上锤打、焊接,终于将铁皮

绿野仙踪

樵夫修补好了。铁皮樵夫就和没受伤前一样，所有的关节也都活动自如了。虽然他的身上留下了好几个补丁，但这是不可避免的，这些铁匠尽了全力，工作得很出色，况且铁皮樵夫也不太注重外表，毫不在意那些补丁。

　　⑧<u>铁皮樵夫来到多萝茜的房间，感谢她让自己重获生命，他激动得都流出了热泪。</u>多萝茜急忙帮他擦干了眼泪，以免他的关节再生锈。多萝茜因为又看见了老朋友，也高兴得哭了起来，狮子也高兴地抹着眼泪，不停地用自己的尾巴擦着眼泪，所以尾巴上的毛都湿透了，他只好走到太阳底下晒一晒尾巴。

　　多萝茜把温基国发生的事全都告诉了铁皮樵夫，铁皮樵夫说："如果稻草人也和我们在一起的话，我就更高兴了。"

　　多萝茜说："放心吧，我们一定会找到他的。"

　　多萝茜又再一次请求温基人帮助他们。善良的温基人又走了整整一天，最后找到了稻草人，在一个高高的树枝上，挂着稻草人的衣服。

　　这棵树实在太高了，树干很粗又很滑，根本没有办法爬上去。这时候铁皮樵夫说："我把这棵树砍倒，这样就可以拿到树枝上的衣服了。"要知道，温基国的铁匠们在修补铁皮樵夫时，还特意给他的斧头做了一根纯金的斧柄，还把他斧子上的锈都磨掉了，变得更加锋利。

　　铁皮樵夫挥起斧头，开始砍那棵树，很快就把那棵树砍倒了。大家就把稻草人的衣服从树枝上拿了下来。

　　多萝茜把稻草人的衣服带回了城堡，温基人在稻草人的身体里填满了上好的稻草。稻草人又恢复到以前的样子了，甚至比以前还要精神，他不停地对大家说着谢谢。

　　现在，多萝茜和她的伙伴们终于又在一起了，大家在温基国黄色的城堡里过了好几天快乐的日子，这里的一切都让他们感到很舒

⑨多萝茜和她的伙伴们放弃安逸的生活,踏上了实现梦想之旅,体现出他们坚定的信念。

⑩特别提到金帽子,而且"很合适",暗示了它会给多萝茜他们带来好运。

服,使他们忘却了所有的烦恼。

　　但是,多萝茜想起了她的爱姆婶婶。她说:"我们必须回去找澳芝,让他兑现他自己的诺言。"

　　铁皮樵夫说:"对,我们必须马上回去找澳芝!这样的话,我就可以得到一颗心了!"

　　稻草人开心地说:"我也要得到我的脑子了!"

　　狮子说:"我也要得到胆量了!"

　　多萝茜欢快地叫喊着:"我就要回家乡堪萨斯了!太好了!我们明天就出发回翡翠城吧!"

　　⑨第二天,多萝茜和伙伴们便向温基人道别。

　　温基人看见他们就要离开了,都很难过,他们最欣赏铁皮樵夫,希望他留下来,当他们温基人的领导者。但是温基人看出他们一定会走,也没有办法,就送了托托和狮子每人一条金项链,送给多萝茜一只镶了很多金刚钻石的手镯,送给稻草人一把纯金的手杖,以免他走路再摔倒,送给铁皮樵夫一只银油罐,上面还镶着金子和美丽的宝石。

　　多萝茜和伙伴们感谢了每一个温基人,和他们依依不舍地握手告别。人实在太多了,大家的手都握得又酸又疼。

　　多萝茜在西方恶女巫的厨房里,找到了很多好吃的食物,多萝茜把食物全放进篮子里,准备在路上吃。⑩她又看见了西方恶女巫的那顶金帽子,她戴在头上试了一下,很合适。金帽子又那么漂亮,多萝茜就把它一起带走了。

　　一切都准备好了,多萝茜和伙伴们就这样上路了。温基人呼喊着他们的名字,送他们离开了城堡。

　　现在多萝茜和伙伴们知道,想穿过辽阔的田野回到翡翠城,这要比他们之前艰难地到达温基国要困难好多倍。不过,他们知道,只要朝着太阳升起的东方一直向前走,就不会迷失方向。所以,大家就一直朝着东方前进。但是,到了中午,太阳直直地照在他们头顶上,大家就不知道前进的方向了,就这样在田野里迷路了。天渐渐黑了,除了稻草人和铁皮樵夫不会觉得累外,多萝茜、托托和狮子都累得不行了,就这样躺在花丛中睡着了。

　　第二天早上,多萝茜他们醒了过来。虽然有云遮住了太阳,但是他们还是继续赶路,仿佛已经知道哪个方向是正确的。

　　“我们这样不停地走,总有一天会回到翡翠城的。”多萝茜说。

　　伙伴们就这样走了一天又一天,但是始终在田野里,没有走出去。

　　稻草人说:“我们应该是走错路了!如果我们不能回到翡翠城,我就永远得不到我想要的头脑了。”

　　铁皮樵夫也忧郁地说:“看来我们又要经历一段漫长的旅行了。我担心我们回不去翡翠城了,我可能得不到一颗心了。”

　　胆小的狮子差一点儿哭了出来,他说:“要是我们回不去翡翠城,我都不敢再继续向前走了。”

　　听了伙伴们的话,多萝茜也开始有些灰心了,她坐在草地上,无奈地看着大家，一言不发。⑪大家也都呆呆地坐着，连向来没什么烦恼的托托也静了下来，不再追逐飞过的蝴蝶，只是疲惫地趴在草地上，吐着舌头，它眼巴巴地看着小主人，好像在问接下来该怎么办。

多萝茜突然兴奋地叫了一声，好像想到了什么，她兴奋地对大家说："我们可以召唤田鼠，田鼠女王说不定知道通往翡翠城的路。"

稻草人也高兴地喊着："没错，田鼠们一定会帮助我们的。我怎么没想到呢？"

多萝茜拿出了田鼠女王送给她的小哨子，吹了起来。没过多久，就从四面八方跑来了一大群灰色的小田鼠，田鼠女王跑在最前面。

"亲爱的朋友，需要我为你们做什么吗？"田鼠女王细声细气地说。

"我们迷路了，您能告诉我们怎样去翡翠城吗？"多萝茜礼貌地问。

田鼠女王回答说："当然可以了！但是，现在你们离翡翠城已经非常远了，因为你们走错方向了。"

正说着，田鼠女王看见了多萝茜戴着的那个金帽子，她接着说："为什么不用金帽子的魔力来帮助你们呢？只要你召唤飞猴们来，他们用不了多久就会把你们送到翡翠城的！"

"什么！这顶金帽子还有这种魔力！但是我并不知道怎么使用它呀！"多萝茜惊讶地说。

田鼠女王说："它的使用方法就在金帽子里，但是如果现在你就要用它来召唤飞猴们的话，我们必须先离开了。要知道，那些飞猴很喜欢搞恶作

⑪用拟人的手法描写小狗托托，善解人意、可爱的一面。

⑫对多萝茜运用魔法的详细描写，增加了童话的趣味性。

绿野仙踪

剧，如果他们来了，一定又会捉弄我们。他们总把捣乱当做特别开心的事。"

多萝茜不安地问："飞猴他们会不会又伤害我们，也捉弄我们呢？"

"放心吧，他们不会的！飞猴们必须服从拥有这顶金帽子的人。你们一路保重，再见！"田鼠女王说完，就带着田鼠们转身走了。没过多久，所有的田鼠就都消失在田野中了。

多萝茜仔细地看了看金帽子，发现里层上真的有一些字。她想，这些应该就是金帽子的使用方法吧，按照上面说的方法，应该就可以召唤飞猴了。于是，她小心仔细地记牢了使用方法，然后又把金帽子戴在了头上。

⑫<u>"艾波——巴扑——卡基！"多萝茜一边念着，一边左脚独立地站着。</u>

稻草人完全不知道多萝茜在干什么，忍不住问："你在说些什么？"

"西罗——科啵——希啦！"多萝茜继续念着咒语，并换右脚单立了起来。

多萝茜接着双脚并拢，念道："西——科——如——楚！"

多萝茜刚念完了金帽子上的字，就听见空中传来了巨大的嘈杂声，一大群飞猴扇动着翅膀从云中飞来。⑬飞猴王恭敬地走到多萝茜面前，向多萝茜低低地鞠躬，说："您需要我们为您做什么？"

多萝茜回答："我们要回翡翠城去，但是，我们迷路了。"

"我们现在就带你们回翡翠城！"飞猴王刚刚说完，就有只飞猴走到多萝茜面前，和飞猴王一起扶起她，把她放在他们的手臂上，带着她向天空飞去。其余的飞猴也带着稻草人、铁皮樵夫、狮子和托托，跟着飞向天空。

刚开始稻草人和铁皮樵夫还是很害怕，因为他们还记得就在不久前，这些飞猴是多么凶残地对待他们。但是他们慢慢看出这次飞猴们没有伤害他们的意思，就很快平静下来，放心地坐在飞猴的翅膀上，开心地在空中欣赏着美丽的景色。

有两只最大的飞猴带着多萝茜，而其中一只就是猴王。⑭他们的手臂缠绕着，就像一把椅子，让多萝茜舒服地坐在上面。他们很小心地飞行，很怕弄伤多萝茜。

"你们为什么一定要服从这顶金帽子的魔力呢？"多萝茜问。

飞猴王大笑着说："这可是个长故事。反正我们

绿野仙踪

⑬"恭敬地""低低地鞠躬"看出了飞猴王对金帽子的敬畏，也为后文讲述猴子们的经历埋下伏笔。

⑭此处描写飞猴对多萝茜的细心照顾，看出了飞猴心地善良，与之前行为对比，令多萝茜和伙伴们十分好奇。

的飞行路程还很长,如果您真的想听,我就讲给您听听吧。"

多萝茜认真地回答说:"我很想听你们的故事。"

于是,飞猴王开始讲了起来:"从前,我们一直自由自在地生活在森林里。每天在树林中飞来飞去,饿了就吃树上的坚果或水果,可以随心所欲地做我们想做的事,并没有什么主人。我们中有很多伙伴非常顽皮,他们喜欢拉着动物们的尾巴飞,或者追逐飞翔的鸟儿,或者摘下果子去砸在树林里行走的人。我们的生活无忧无虑,天天都很快乐。早在澳芝来到这片土地之前,我们就一直过着这样悠闲又快乐的日子了。

"那时候的南方,有一个美丽又优雅的公主,她也是一个有很强法力的女巫。她是个善良的好女巫,她的魔法都是用来帮助人们的,从来没有要伤害谁的想法。她的名字叫甘霖达,住在一座用大红宝石筑成的美丽宫殿里。每个人都喜欢她,敬佩她。但是,甘霖达最烦恼的是找不到心中的白马王子,她不知道谁有能力接受她神圣的爱情,因为她眼中的男人都是又愚蠢又丑陋,根本配不上她。

"后来,甘霖达终于找到了一位漂亮又勇敢的男孩子,他的聪明远远超过了他那个年纪该有的智慧,甘霖达决定等他长大后,就让他当自己的丈夫。于是,甘霖达把男孩子带到了红宝石宫殿里,用她所有的魔法让这个男孩子变得像所有女人所欣赏的男人一样,强壮、聪明、善良、可爱。男孩子的名字是'奎拉拉',意思是世界上最聪明、最善良的人。当他终于长大后,甘霖达痴痴地爱着这个完美的男子,她急切地准备婚礼,要和奎拉拉完婚。

"那时,我的祖父也是飞猴王,住的森林离甘霖达宫殿不远。我的祖父最喜欢搞恶作剧,这常常让他很开心。就在甘霖达准备和奎拉拉结婚的前一天,我的祖父和他的随从们在森林里玩耍,正好碰到了在河边散步的奎拉拉,他身上穿的是高贵的淡红色绸衫和紫色的天鹅绒长袍。我的祖父想看看奎拉拉到底有什么样的本事,就命令他的随从飞下去，抓住奎拉拉，把他带到河水的上面，再把他丢进河里。

"'我美丽的朋友，快游出来吧！看看河水已经弄脏了你华丽的衣服！'祖父在空中高声喊着。奎拉拉虽然聪明，但是他不太会游泳，好在他的运气很好，并没有受伤。他钻出水面，爬上岸来。而这个时候，甘霖达跑了过来，当她看见奎拉拉的绸衫和天鹅绒袍子被弄得又湿又脏，非常生气，她立刻知道了这是场恶作剧，她把所有的飞猴都召集到她的面前。开始，她说要把所有的飞猴绑上翅膀后，扔进河水里，就像他们对待奎拉拉一样来接受惩罚。我的祖父竭力辩解，向甘霖达请求原谅。因为他知道，如果飞猴们被绑上翅膀，扔进河水里，一定会死的。奎拉拉也为飞猴们说情，甘霖达最后改变了主意。⑮但是她也没有完全原谅飞猴，她要求所有的飞猴必须服从戴金帽子的人的命令，为他们服务三次。金帽子是甘霖达特意为奎拉拉做的，听说用了她将近一半的财产。所以直到现在，我们还要为拥有金帽子的人服务三次，你明白了吗？"

"那你的祖父后来发生什么事了？"多萝茜感兴趣地问。

飞猴王继续说："奎拉拉是金帽子的第一个主人，也是第一个我们要服务的人。他说他的妻子并不想看见我们，让我们一直躲在森林里，永远不要出现在甘霖达面前。我祖父他们按照奎拉拉的意思，带着所有的飞猴，躲进了森林，因为大家也都害怕见到甘霖达。

⑮飞猴们因搞恶作剧而得到的教训，揭示了做错事必有惩罚的道理。

绿野仙踪

114

"后来,不知怎么回事,西方恶女巫得到了金帽子,她要我们把所有的温基人变成她的奴隶,并把澳芝也赶出西方的国土。而现在,您是金帽子的主人,我们也会为您服务三次的。"

　　飞猴王的故事讲完了,多萝茜向下望去,看见了翡翠城闪闪的绿色城墙。她惊讶飞猴们居然飞得这么快,也为终于回到翡翠城,结束了漫长的路程而兴奋。

　　飞猴们小心地把多萝茜和她的伙伴们放在了城门前。飞猴王向多萝茜鞠了一躬,带着飞猴们飞远了。

　　"真是一次神奇的旅行!"多萝茜说。狮子回答说:"是啊,得到这顶金帽子是多么幸运的事啊! 你要好好珍惜它呀!"

阅读心得

　　多萝茜面对西方恶女巫的各种责难,终于懂得了反抗,反而得到了意外的胜利。在我们生活中出现的各种困难同样是对我们的考验。所以,只要鼓起勇气,不畏惧生活中的困难,相信我们也一定会胜利的!

第十二章 澳芝的秘密

导语

多萝茜和伙伴们好不容易除掉了西方恶女巫，伙伴们以为这样澳芝就可以实现大家的愿望了，但为什么到了翡翠城后，澳芝却不肯见大家呢？到底澳芝隐藏着什么样的秘密呢？

① 用"惊讶""更惊讶"两个词语来形容守门人的神态，从侧面衬托出多萝茜和伙伴们完成的任务的艰巨性。

绿野仙踪

② "气愤极了"形象地写出了大家经历很多磨难却没有达成愿望的心情，令人沮丧。

多萝茜和伙伴们走到了翡翠城的城门前，按了按门铃。没过多久，那个守门的小人儿来为他们打开了城门。

①"啊！你们真的又回来了？"守门人惊讶地说。

稻草人回答说："是呀，有什么奇怪的呢？"

"我还以为你们去找西方恶女巫了！"守门人说。

稻草人说："是的，我们是去找西方恶女巫了。"

守门人更惊讶地问："她居然放你们活着回来了？"

稻草人说："当然，她改变不了什么，因为她已经融化了。"

"什么？真的吗？她真的融化了？真是一个好消息！那是谁融化了她？"守门人吃惊地问。

狮子骄傲又自豪地说："是多萝茜。"

"天哪！"小人儿看着多萝茜，忍不住大喊了一声,还向多萝茜鞠了个躬。

接着,守门人又领着大家来到了镶满翡翠的大屋子,像以前一样,打开绿色箱子上的锁,从里面拿出了眼镜,帮多萝茜他们戴上,又锁好箱子。一切准备好了之后,守门小人儿便带着多萝茜和伙伴们穿过城门,进了翡翠城。

当翡翠城的人们听说多萝茜把西方恶女巫给融化了,都围住了多萝茜和伙伴们,并跟着他们,一起到了澳芝的宫殿。

还是那个绿制服的士兵守着宫殿的门口,这回他没有说什么,就让多萝茜他们进去了。多萝茜和伙伴们又遇见了那个美丽的绿衣姑娘,她把大家带到了他们原来住过的房间,让他们好好休息,等候伟大的澳芝接见他们。

绿制服士兵走进宫殿,向澳芝报告了多萝茜杀死西方恶女巫又回到了这里的事情,但澳芝一句话也没说。

大家都以为伟大的澳芝会马上召见他们,但是,事实却正好相反。他们天天都在等着,却一直等不到澳芝的召见,他们都感到非常疲倦,心烦意乱。②大家一想到澳芝让他们去杀西方恶女巫,中间还经历了那么多苦难,现在却不理他们,大家就气愤极了。

最后稻草人生气地对绿制服士兵说:"如果澳芝还不见我们的话,我们就要找飞猴来帮忙,问问澳芝为什么不遵守他的诺言!"因为澳芝以前在西方曾经吃过飞猴们的苦头,很担心再被飞猴们折腾一次,所以赶快让绿制服士兵通知多萝茜他们明天上午九点四分到宫殿里来。伙伴们开心极了,都兴奋地想着澳芝会怎样来实现他的诺言,给他们什么样的礼物。多萝茜还梦到了亨利叔叔和爱姆婶婶,当叔叔、婶婶看见多萝茜安全地回来后都很高兴。

第二天,一到九点,绿制服士兵就带着多萝茜他们去了澳芝的宫殿。四分钟后,伙伴们一起站在了澳芝的宫殿里,等待着澳芝。

大家都很好奇澳芝会以什么样的面貌出现在大家面前。但是却发现大理石宝座上空空的,大家都很惊讶,紧紧地站在一起,互相鼓励着。

　　③没有多久,伙伴们就听见从高高的天花板上传来了低沉的声音:"我就是伟大又可怕的澳芝,你们来这里想做什么?"

　　大家四处看着,却没有发现澳芝的踪影,只感觉声音隐约是从天花板附近传来的。

　　多萝茜问道:"您在哪里?我们可以见见您吗?"

　　那低沉的声音回答道:"我就在你们的周围,但是一般人是看不见我的。现在我坐在自己的宝座上了,你们有什么想说的就说吧。"

　　声音果然像是从宝座上传来的一样。多萝茜和伙伴们走上前去,站成一排。多萝茜诚恳地说:"伟大的澳芝,我们完成了您交代的事情,已经把西方恶女巫杀死了,您可以实现您的诺言了吗?"

　　"我向你们承诺了什么?"那声音问道。

　　"您说过只要我们杀死西方恶女巫,您就送我回我的家乡堪萨斯。"多萝茜说。

　　"您承诺说要给我一个最聪明的脑子。"稻草人说。

　　"您承诺说要送我一颗仁慈的心。"铁皮樵夫说。

　　"您承诺说要给我胆量。"狮子说。

　　"你们真的杀死了西方恶女巫吗?"那声音继续问道。多萝茜觉得那声音有些颤抖。

　　"真的!我泼了一桶水在她身上,她就融化了。"多萝茜回答说。

　　"是吗?好吧,你们明天再来吧!我需要多点儿时间,仔细想一想。"那声音说。

③通过声音侧面描写澳芝,未见其人,先闻其声,澳芝的神秘不言而喻。

④"惊讶又沮丧"形象地写出了大家见到澳芝后的失望心情。

绿野仙踪

118

铁皮樵夫生气地说："您已经想了很久了，而我们也已经等了很久了！"

稻草人说："对，我们不能再这样等下去了！"

多萝茜大声说："您必须履行您向我们许下的诺言！"

狮子想了想，觉得最好吓唬一下澳芝。于是，他突然怒吼了一声，声音洪亮又凶猛，吓得托托一下子跑远了，不小心将角落里的屏风撞倒了，大家都被吓着了。但最让大家感到奇怪的是，屏风后居然躲着一个老人，他光着头，脸上全是皱纹，个子很矮，他和大家一样，都露出吃惊的表情。

铁皮樵夫举起斧子，冲向那老人，大声问道："你是谁？"

那矮小的老人用颤抖的声音说："我就是伟大又可怕的澳芝，不要伤害我，我会履行我向你们许下的诺言。"

④大家都不敢相信自己的眼睛，惊讶又沮丧地看着澳芝。

多萝茜说："我以为澳芝是个巨大的头。"

稻草人说："我以为澳芝是一位美丽又优雅的女士。"

铁皮樵夫说："我以为澳芝是一只最凶猛的野兽。"

狮子说："我以为澳芝是一个大火球。"

"不，你们都是错的。其实，那都是我制造出的假象。"

多萝茜喊道："假象？你难道不是伟大的魔法师吗？"

那矮小的老人急忙说："亲爱的孩子，你要小点声儿！千万不能让别人听见你说的话，否则我就完了。我是假装成一个大魔法师的！"

"你真的不是大魔法师？"多萝茜还是不甘心地问。

"亲爱的孩子，我真的不是大魔法师澳芝，我只是一个普通的人。"矮小的老人诚恳地说。

稻草人愤怒地说："你连一个普通人都赶不上呢！你只是一个骗子！"

⑤"你说的对，我的确是一个骗子。"那矮小的老人一边搓着手，一边惭愧地回答。

铁皮樵夫说："你真是太让我失望了，那我怎么能得到我想要的心呢？"

狮子问道："那我怎么能得到我想要的胆量呢？"

稻草人哭着说："看来我也没有办法得到我的脑子了！"

那矮小的老人说："亲爱的朋友们，你们的小事就不要再说了。你们知道了我的秘密，这才是最可怕的，我会有大麻烦的！"

多萝茜问："难道没有别人知道你是骗子吗？"

"当然，除了你们和我之外，没有人知道我的秘密。我一直在欺骗这里的人们，我还以为永远不会被人发现，就这样瞒下去，没想到却被你们揭穿了。我犯了一个大错误，不应该让你们进入我的宫殿。因为在平时，即使是我的随从，我都不会允许他们进来，他们一直相信我是一个可怕的人。"

多萝茜说："可是，我还是觉得很奇怪，为什么我之前来见你的时候，你是一个巨大的头？"

"其实那只是我变的一个魔术。跟我到这儿来吧，我把一切都告诉你们。"那矮小的老人说。

老人带着多萝茜他们到了宫殿里的一间小卧室

⑤"搓着手""惭愧地"细节描写，刻画了老人此刻的窘态。

⑥老人为伪装作了充分的准备，渐渐揭开了澳芝的神秘面纱，原来是一个普通的老人。

⑦侧面描写，通过托托的表现描写了澳芝形象的口技表演，诙谐有趣。

绿野仙踪

120

里,在角落里有一个用许多厚纸做成的巨大的头,上面还细致地画着一张脸。

"我用一根线,把这个纸板做的头从天花板上吊下来,然后,我站在屏风后,再用一根细线,活动纸上的眼睛和嘴巴。"

多萝茜好奇地问:"那声音是怎么发出来的呢?听起来,就像从大头里发出的一样。"

老人弯弯腰说:"因为我是一个口技家,我可以通过我的声带发出各种声音效果。所以,你听起来就会以为我的声音是从头里发出的。看,这里还有其他东西,也是我用来骗你们的用具。"

⑥大家这才看见卧室里还有一些女士的美丽衣服和面具,所以稻草人说他看见的澳芝是一位美丽又优雅的女士。铁皮樵夫曾看见的可怕野兽,原来只是一堆缝在一起的兽皮,只是用板凳撑开而已。而狮子看见的大火球,也是从天花板上吊下来的一个大棉花球,只是在上面浇了很多的油点着了,而风一吹,就烧得更猛烈了。

稻草人说:"原来你是一个真正的骗子,你应该觉得很惭愧。"

"是的,我真的觉得很惭愧。但是我没有别的选择。你们请坐吧,我现在就把我的故事告诉你们。"

矮个子老人开始向多萝茜他们讲述他的故事。

"我出生在澳马哈。"

"什么?那里离我的家乡堪萨斯很近!"多萝茜听了忍不住惊叫了起来。

老人忧愁地说:"但那个地方离我们翡翠城可是很远啊!"

他接着说:"我很小的时候就和一位大师去各地学习口技,学习模仿鸟类或兽类的声音。当我长大后,就成了一个厉害的口技家。"

⑦说着,老人就即兴模仿了小猫的叫声,害得托托竖起耳朵,到处搜寻着小猫的身影。

老人接着说:"可是,时间长了以后,我就对这种生活产生了厌倦。所以，我就去当了一名氢气球驾驶员。"

多萝茜问："氢气球是什么？"

老人耐心地解释："在马戏团表演之前，先让一个人坐在氢气球里，然后慢慢升空，来吸引人们来看表演。"

"喔，原来是这样！"多萝茜明白了。

"但是，有一次我坐在氢气球里，没想到与地面相连的绳子突然断了，我就下不来了。就这样，我跟着氢气球在空中飘荡，又遇上了一股强烈的气流，氢气球被吹得很远很远。我就这样在氢气球中过了一天一夜。等到第二天早上我醒来时，发现自己已经到了这片美丽的国土。"

老人停了一下，接着说：

"氢气球就这样慢慢地降落了，幸运的是我没有受伤，但是，一群奇怪的人围着我议论纷纷。⑧因为我从天上降落下来，他们就以为我是一位伟大的魔法师，也都很敬畏我，不论我让他们做什么，他们都会听从。我自然就隐瞒了自己并不是魔法师的事实，也很乐意他们这样看待我。"

多萝茜迫不及待地问："那之后又发生了什么事吗？"

老人接着说："为了让我自己生活得舒服些，快乐些，也为让这里的人们勤奋些，我就请他们修建了这座城和宫殿。这里的人都很善良，真心地为我服务，宫殿很快就造好了。因为这里到处是碧绿的，又这么美丽，我就把这里叫做翡翠城。为了让这里更加名副其实，我还让所有人都戴上绿色眼镜，这样翡翠

⑧讲述自己成为魔法师的经历，体现了翡翠城人的淳朴，也衬托了澳芝的狡猾。

⑨道破翡翠城的由来，也将其神秘的绿色面纱揭开。

绿野仙踪

城里的每一样东西，在大家看来都是绿色的了。"

多萝茜问："那这里的东西，到底是不是绿色的呢？"

⑨这个矮个子的澳芝回答说："其实，这里并不会比其他城市绿多少，但只要戴上绿眼镜，看到的一切就都是绿色的了。我在翡翠城这里已经生活了很久，我刚来这儿时，还是个年轻人，而现在，我已经成一个老人了。但是这么久以来，翡翠城里的人都戴着绿眼镜，所以他们无论看什么都是绿色的，而且善良的他们始终相信，翡翠城里有着各种各样的珍宝，永远是世界上最美丽的地方。我对他们也很友善，他们也很尊敬我，我生活得很愉快。但是宫殿建成以后，我就一直待在里面，谁也见不到我。"

多萝茜问："那么你在这里就没有烦恼了吗？"

澳芝回答说："怎么可能会没有呢？我最害怕那些女巫。我不会任何魔法，而那些女巫都有很强的法力，会做出许多让人想不到的事。在这片土地上，有四个女巫，她们分别住在东、南、西、北四个方向，统治着那里的人民。北方女巫和南方女巫是善良的女巫，她们并不会做出什么伤害我的事情。但是，西方女巫和东方女巫却是邪恶的，非常可怕，总是利用魔法来伤害人们。如果她们知道我并不比她们厉害，她们肯定会杀死我。这么多年来，我一想到恶女巫，就害怕得要命。所以当我知道你的小木屋压死了东方恶女巫时，你可以想象得到我是多么的兴奋。当你们来找我时，我就决定只要你们杀死西方恶女巫，无论你们有什么样的请求，我都会答应你们。现在，你已经融化了西方恶女巫，但我却没有办法实现我的诺言，我很抱歉。"

多萝茜生气地说："你不仅是个骗子，还是个大坏蛋！"

澳芝连忙摆手说道："不，不是这样的，孩子，我并不是一个坏蛋，我其实是一个善良的人，只不过，我不是一个魔法师。"

"那么，你能给我一个脑子吗？"稻草人忽然插了一句。

⑩ 通过对稻草人和澳芝对话的描写,了解到聪明的头脑要靠积累和锻炼。告诉我们聪明的头脑是在实践中慢慢形成的,不能拘于形式。

⑪ 澳芝答应了伙伴们的要求,尽管都是形式上的,却反映了老人的善良,因为不忍心看到他们失望。

⑫ "激动"一词,表现了稻草人此刻兴奋的心情,他对澳芝的承诺怀有很大的希望。

绿野仙踪

⑩澳芝看了看稻草人,诚恳地说:"其实,你现在已经不需要我再给你一个脑子了。你每天都在学习并接受新的事物,经过长时间的积累,你就会拥有丰富的知识和各种经验。刚刚生下来的孩子,虽然有脑子,但如果不学习,脑子对于他们来说也一点儿用处也没有。"

稻草人说:"也许你说得对,但是,如果你没法儿给我一个脑子,我是永远都不会快乐的。"

澳芝又仔细看了看稻草人,叹了口气,说:"好吧,我答应你。虽然我不像人们传说的那样是一个伟大的魔法师,但如果明天早上你到我这儿来,我一定会给你一个脑子的。但是,我没法告诉你如何使用脑子,这需要你自己去摸索掌握。"

稻草人高兴地喊:"啊!谢谢你!太感谢你了!不用担心,只要有了脑子,我一定学会怎样使用。"

狮子着急地问澳芝:"那我的胆量怎么办?"

澳芝回答说:"我相信现在的你其实很勇敢,有很多胆量,重要的是你要相信自己的实力,要对自己充满信心。遇到危险时,每个人都会恐惧。如果想知道自己是否拥有胆量,是要看遇到危险时,自己会不会勇敢地面对。我认为你并不缺少这种胆量。"

狮子倔强地说:"也许你说得对,我的确有一些胆量,但我还是会害怕。除非你可以让我忘记自己是个胆小鬼,不然的话,我是不会快乐的。"

⑪澳芝回答说:"那好吧,明天你也来这儿吧,我会给你想要的胆量。"

铁皮樵夫问:"那么,我的心怎么办呢?"

澳芝回答说:"依我看,你没有必要再要一颗心。很多人正是因为有了心而感受到什么是痛苦和烦恼。你没有心,这不正是你幸运的地方吗?"

铁皮樵夫说:"但我的看法和你不同。我宁愿忍受那些不快乐的事,只要你能给我一颗心。"

澳芝说:"既然这样,明天你也一起来吧,我会给你一颗心的。"

多萝茜说:"那么,你能告诉我,我该怎么回到我的家乡堪萨斯呢?"

澳芝回答说:"这个有些麻烦,请再给我几天时间,让我好好考虑考虑吧。我会想出带你穿过这四周沙漠的办法的。而在这几天,你们会是我的贵宾,享受特殊的招待。你们可以住在宫殿里,我的随从们会细心地照顾你们,听从你们的差遣。但我要请求你们一件事,就是为我保守秘密,千万不要将我的事告诉这里的人们。"

多萝茜和伙伴们答应澳芝为他保守秘密,他们开心又兴奋地回到了各自的房间。多萝茜希望被大家骂成"骗子"的澳芝,可以想出送她回堪萨斯的办法。如果澳芝真的有办法送她回家,她一定会原谅他的。

第二天一早,稻草人就对大家兴奋地说:"请祝福我吧,我要去见澳芝了。等我再回来的时候,我就拥有一个聪明的脑子了,就会和现在的我不一样了。"

多萝茜认真地说:"我很喜欢你现在这个样子呢。"

稻草人说:"那是因为你善良而喜欢我。等我有了一个聪明的脑子,你会更加喜欢我的。"

稻草人快活地跟大家告了别,向澳芝的宫殿走去。⑫他来到了宫殿前,稻草人激动地敲了敲门。

"请进来!"澳芝在里面说。

稻草人推开门走了进去。他惊讶地看着澳芝沉默地坐在窗前,思考着问题。

稻草人有些局促不安地问："您可以给我一个脑子吗？如果没有的话，我会很不快乐的。"

澳芝回答说："你先坐下吧。但是，在我给你脑子之前，我必须得拿下你的脑袋，这样才能把脑子放在你脑袋中合适的地方。"

稻草人说："我相信你。我希望在你重新把我的脑袋放回去后，我会有思想。那样的话，就太好了。"

于是，澳芝取下了稻草人的脑袋，把里面的稻草拿了出来。他从宫殿后的小卧室里拿出了由许多麸子和针混合成的脑子，放了进去，还摇晃了一下，让脑子和稻草脑袋混合在一起。最后，又把这个头安回到稻草人的身上，他说：

⑬"从现在开始，你就是个大人物了，因为我已经给你了一个崭新又聪明的脑子。"

稻草人的愿望终于实现了，他开心极了，好好地感谢了澳芝，回到了伙伴们身边。

⑬澳芝不能使用魔法给稻草人一个脑子，但他通过自己聪明的方法给了稻草人鼓励和信心。

⑭获得心的铁皮樵夫最关心的是这颗期待已久的心是否善良，可见他已经怀有一颗崇高的善心了。

⑮对于外在的形象，铁皮樵夫更在意内在的品质，这也表现出他高尚的品德。

绿野仙踪

多萝茜仔细地看着稻草人，发现他的头要比以前更饱满，还凸起一些。她忍不住问："你现在感觉怎么样？"

稻草人开心地对多萝茜说："我觉得我聪明多了。当我习惯了新脑子之后，应该就会知道世界上所有的事情了。"

铁皮樵夫好奇地问："那为什么有针从你的脑袋里戳出来？"

狮子接过话说："这正好证明，他的思想非常尖锐。"

铁皮樵夫接着说："那我也要快点儿去找澳芝，请他给我一颗心。"于是，他也到了澳芝的宫殿，举起手敲了敲门。

"请进来！"澳芝说道。

铁皮樵夫有些激动地走了进去。对澳芝说："我来请您为我安一颗心。"

澳芝回答说："好吧，我会给你一颗心。但是，我得先把你的胸膛打开，掏一个洞，这样我才能把你的心放在一个合适的位置。你放心，这样是不会伤害到你的。"

铁皮樵夫回答说："好的，我不会在意的。"

于是，澳芝拿起了一把铁匠常用的大剪刀，把铁皮樵夫的左胸剪开了一个洞，之后他又拿出了一颗用红丝线织成的心，里面还塞满了锯屑，十分好看。

"这颗心很好看，不是吗？"澳芝问着。

⑭铁皮樵夫回答说："是的，它真是很漂亮！但它是一颗善良的心吗？"

澳芝回答说："是的，非常善良。"澳芝把这颗美丽善良的心装进了铁皮樵夫的胸膛里，还把剪下的铁又焊接了回去。

"好了，你现在已经有了一颗美丽又善良的心了。但很抱歉，我在你的胸膛上打了个补丁。"澳芝说。

⑮铁皮樵夫开心地说："有了一颗心，我怎么还会介意有块补丁呢？太感谢您了！我会永远记住您的！"

澳芝笑着说："不用客气！"

铁皮樵夫开心地带着他的心，回到了伙伴们身边，大家都高兴极了。

轮到狮子去澳芝的宫殿，他用自己的前爪敲了敲门。

"请进来！"澳芝说。

狮子对澳芝说："您可以给我胆量吗？"

澳芝回答说："可以，我会给你胆量的。"

澳芝走到一个橱柜前，从最高的一格拿下来一个方形的绿色瓶子，将里面的药水倒进了一个雕刻得十分精美的金绿色碟子里，递给了狮子，让他闻了一下。

澳芝说："喝下去吧！"

"这是什么东西啊？"狮子问。

澳芝说："喝下它后，你就拥有胆量了。你知道的，胆量应该在你的身体里面，只有喝下去，你才能真正地拥有它。所以，我建议你还是快点儿喝了它吧！"

⑯<u>狮子不再犹豫了，一口气就喝光了碟子里所有的药水。</u>

澳芝问："现在你感觉怎么样？"

狮子回答说："我觉得自己充满了胆量。"

就这样，狮子也开心地回到他的伙伴们那儿，迫不及待地告诉伙伴们自己的好运气。

澳芝独自坐在他的宝座上微笑着。他很高兴自己满足了稻草人、铁皮樵夫和狮子的愿望。他想：我现在要做的就是尽量避免当骗子。应该让所有的人

⑯为了得到胆量，狮子已经表现出了他的勇敢，澳芝只是让他认识到这一点而已。

⑰伙伴们的开心、兴奋和多萝茜的失落形成对比，让读者也不禁替她难过起来。

⑱重新燃起的希望令多萝茜十分急切，害怕和渴望相互交织，让她的心情十分复杂。

绿野仙踪

知道,澳芝也不是所有的事都能做到。其实,给稻草人脑子,给铁皮樵夫一颗心,给狮子胆量,都很容易,因为他们相信我是万能的。但是,要让多萝茜回到堪萨斯,这可就难办多了。我到现在还不知道该怎么办。

⑰多萝茜连等了三天都没有得到澳芝的任何回音。伙伴们都很开心实现了自己的愿望,只有多萝茜还是闷闷不乐。

稻草人兴奋地对大家说:"现在,我的脑袋里有许多奇异的思想,我说不出来那是什么,但我的确感觉到了。我想,只有我才能懂得这些思想。"

现在的铁皮樵夫每次走路时,都会感觉到有一颗心在他的胸膛里跳动,还会发出"怦怦"的声音。他兴奋地告诉多萝茜:"我现在的这颗心,比我以前的那颗心还要善良、慈爱。"

狮子对大家说:"现在,再也没有什么能让我害怕了,即使是一支军队,或是十二只开力大,我也敢和他们对战。"

在伙伴中,除了多萝茜,每一个人都得到了自己想要的东西,都很心满意足。现在,多萝茜更想念家乡堪萨斯了。

第四天,澳芝终于派人通知多萝茜说要见她。多萝茜高兴极了,连忙跑到了澳芝的宫殿。澳芝笑着对她说:"亲爱的孩子,我有办法让你离开这里了。"

"你是说能让我回到堪萨斯了吗?"多萝茜着急地问。

"哦,不,我不知道能不能把你送回堪萨斯,因为我也不知道路在哪里。不过,先要穿过这片大沙漠,这样之后就能更容易地找到回家的路了。"

⑱多萝茜问:"那我用什么方法才能穿过这片沙漠呢?"

澳芝说:"孩子,先不要着急,我慢慢告诉你。我曾经和你们说过,我之所以来到这里是因为氢气球的绳子断了,被风刮来的,你不也是被一阵龙卷风吹到这儿来的吗?所以,我想,从空中离开才是穿过沙漠的最好办法。虽然我不能制造出一场龙卷风,但是,我想我应该能做出一个氢气球。"

多萝茜急切地问:"那要怎么做呢?"

澳芝说:"要先用绸缎做成气球,再涂上胶,里面就可以装上气了。我的宫殿里有许多绸缎,做一个氢气球并没有什么问题。但麻烦的是我们在这里找不到氢气,没有氢气,氢气球可能就飞不起来了。"

多萝茜说:"如果氢气球不能飞,那它也没什么用了。"

"没错,但是我还有别的办法可以让它飞起来,我们可以在气球里面灌上热气,但肯定不如氢气好,如果不小心遇到寒流,我们的气球可能就会掉下来的,这是很危险的。"澳芝说。

多萝茜意外地说:"什么?我们?你要和我一起离开吗?"

⑲<u>澳芝回答说:"当然!要知道,我已经彻底厌倦了在这里继续骗人的日子。</u>一旦我离开宫殿,这里的人们就会发现我的秘密,知道我并不是一个魔法师,我欺骗了他们,他们一定会很生气的。所以,我只能整天躲在宫殿里,不能出去。我觉得自己很累,我很想离开这里,即使是和你一起回堪萨斯也好。"

多萝茜说:"我很高兴又多了一个伙伴。"

"谢谢你,多萝茜!你真是个善良的孩子。来吧,

⑲澳芝厌倦了骗人的日子,说明在帮助多萝茜他们的过程中,他也得到了成长。

⑳采用绿色,表现了澳芝对翡翠城的深厚感情和对回家的殷切希望。

绿野仙踪

130

让我们缝好绸缎，做我们的气球吧。"澳芝说。

澳芝先把绸缎都剪成大小合适的小块儿，多萝茜拿出针和线，把剪好的绸缎缝好。

⑳<u>澳芝的想法很有趣，他想用不同深浅的绿色绸缎做成大气球。</u>所以，第一块是淡绿色的绸缎，第二块是深绿色的，第三块是翡翠绿的……多萝茜和澳芝整整花了三天时间将大气球缝好了，它特别大，有二十多尺那么长。

澳芝还在气球里涂上了一层薄胶，这样气球就不会漏气了。他高兴地宣布，气球已经做好了。

澳芝说："我们还需要一个大篮子，把它系在气球下面，这样我们就能坐在篮子里了。"

于是，澳芝让绿制服士兵找了一个大大的篮子。

所有的工作都完成了，澳芝就让随从们告诉翡翠城所有的人，说他要去云中拜访一位伟大的魔法师。消息像长了翅膀一样很快传遍了整个翡翠城，大家都从家里跑出来，想看看这个难得的伟大场面。

澳芝让士兵们把大气球从宫殿里抬出来，城里的人们都好奇地看着这个大大的、奇怪的东西。铁皮樵夫砍好了一堆树枝，并点起了火，澳芝在火堆上打开了气球，让热气灌进气球里。气球慢慢地胀了起来，开始向天空升起，气球下面的大篮子也马上要离开地面了。

澳芝赶快钻进了大篮子里，对所有的人说："我现在要去云中拜访魔法师了。我离开后，稻草人会接替我来管理大家。你们都要服从他，就像服从我一样。"

这时候，大气球系在地上的绳子慢慢地绷直了，因为气球中的热气比空气要轻，如果绳子不系在地上，它会飞走的。

澳芝冲着多萝茜大声喊道："多萝茜，快点儿进来，气球马上就要飞走了！"

多萝茜焦急地回答说："请再等等我，我要找我的小狗托托，我不能把它留在这里。"

托托原来是跑进人群中追小猫去了。多萝茜好不容易抓住了它，赶快抱着它向大气球跑去。马上就要跑到大气球前了，澳芝也伸出手来拉她，突然，绳子断了，大气球就这样飞了起来。

㉑多萝茜看着热气球，大声地喊："快回来，等等我，我也要去！"

澳芝在篮子里对着多萝茜大声喊："亲爱的孩子，对不起了，我不能回来了。再见了！"

这一次离别后，大家就再也没见到澳芝了。大家都猜，他也许早就安全地回到了澳马哈。但是，翡翠城的人们都很怀念他，他们总是一直说："伟大的澳芝永远是我们的朋友，是他帮助我们建造了美丽的翡翠城。现在，他走了，留下了聪明的稻草人来领导我们。"

无论怎样，翡翠城的人们因为失去了伟大的澳芝，难过了很长一段时间。

㉑多萝茜没能和澳芝一同回家，是故事的又一转折，也留下了悬念，给读者留下了想象空间。

绿野仙踪

阅读心得

多萝茜的伙伴们都在澳芝的帮助下获得了自己想要的东西。但是真的是澳芝用魔法让伙伴们拥有智慧、爱心和勇气的吗？还是因为伙伴们在旅途的经历中获得的呢？

第十三章 向南方前进

 **导语**

为了回到家乡，多萝茜又踏上了去南方桂特琳的路，翡翠城的人都没有去过南方桂特琳，多萝茜和伙伴们又会遇到什么样的事呢？

多萝茜想要回家乡堪萨斯的希望再次成了泡影，她难过极了，坐在草地上哭了起来。①不过哭过以后，多萝茜又想自己即使和澳芝一起坐热气球飞走，也不一定能回到家乡去，又感觉有些幸运。

但是，多萝茜和伙伴们就像所有的翡翠城人民一样，因为澳芝的离开而有些难过。铁皮樵夫走到多萝茜身边，有些难过地说："伟大的澳芝给了我一颗心，让我重新感受到了各种情感。但如果眼看着我的恩人就这样离开，而我却没有丝毫伤感的话，那我就太不像话了。现在我想哭一会儿，多萝茜，你能帮我擦擦眼泪吗？我怕自己一会儿又要锈住了。"

"好的，我来帮你擦眼泪，你放心地哭吧。"多萝茜连忙拿出了手绢。铁皮樵夫伤心地哭了起来，这次他哭得很放心，泪水就像小河水一样一直流出来。多萝茜守在他身边，仔细地帮他擦掉泪水。铁皮樵夫哭了一阵子，心里舒服多了，他向多萝茜表示了感谢，还用那只温基人送给他的小银油罐，从头到脚又给自己上了一遍油，防止关节生锈。

现在稻草人领导着翡翠城，成了翡翠城新的统治者了，虽然他并不像澳芝一样，是个魔法师，但善良的翡翠城人民还是很喜欢他。人们都说："世界上，除了我们这里，还有哪个城市是由一个聪明的稻草人来领导的吗？我们多么幸运啊！"稻草人作为翡翠城新的领导者，坐在澳芝曾经的宝座上，和伙伴们讨论事情。稻草人感慨地说："我们都不要再难过了，因为我们已经很幸运了，现在这里的宫殿和这座美丽的翡翠城都是我们的。我们可以做我们想做的事，要知道，就在不久前我还只是一个稻草人。现在，我已经很满足了。"

铁皮樵夫也拍拍胸膛说："我也很满足了，得到这颗心后，我就没有什么要求了。心，才是我最想要的。"

狮子也甩甩尾巴谦虚地说："我也一样，我已经有了胆量，我不要求自己是最勇敢的狮子，只要不再是个胆小鬼，我也就满足了。"

"多萝茜，要是你喜欢的话，也留在这里和我们一起生活吧，我们一定会很开心的！"稻草人真诚地说。

②"可是，我还是想回堪萨斯，那才是我的家乡，我太想亨利叔叔和爱姆婶婶了！"多萝茜的声音很坚定。稻草人看着多萝茜，努力地为自己的好朋友想着办法，想得头里的针都刺出来了。他突然想到了，兴奋地对多萝茜说："我们不是可以召唤飞猴吗？你可以请他们来帮忙啊！"

"是啊，我怎么忘了他们呢？"多萝茜兴奋地跑回

①聪明的多萝茜在伤心后还能保持乐观，反映了她性格中坚强的一面。

②多萝茜拒绝了伙伴们的邀请，更表明她对家乡亲人的怀念。

绿野仙踪

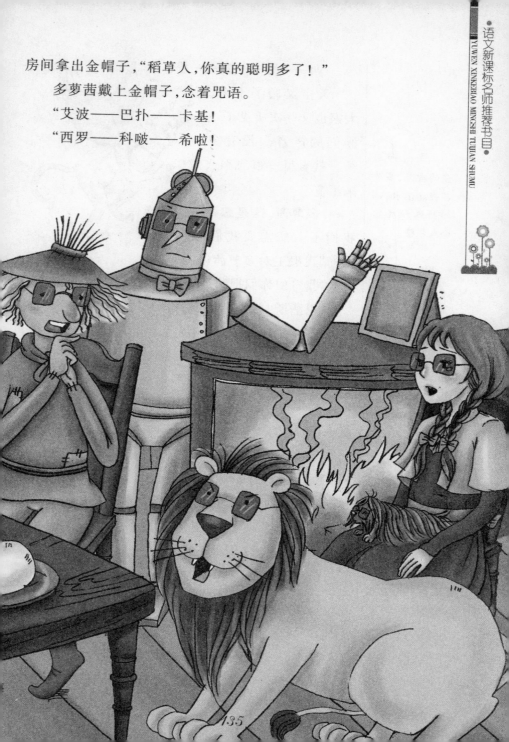

房间拿出金帽子，"稻草人，你真的聪明多了！"

多萝茜戴上金帽子，念着咒语。

"艾波——巴扑——卡基！

"西罗——科啵——希啦！

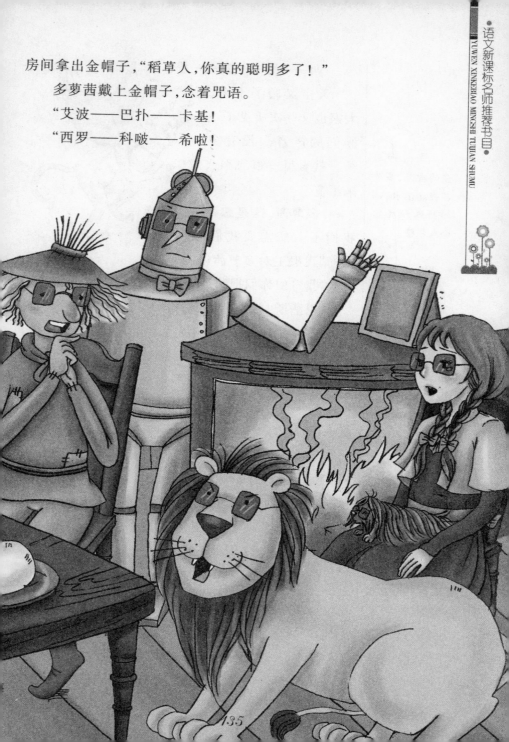

"西——科——如——楚！"

天空又暗了下来，大家也又一次听见了飞猴们的声音。没有多久，就看见一群飞猴飞过来了。

"多萝茜，这是您第二次召唤我们了。您需要我们为您做什么？"飞猴王对多萝茜说。

"我希望你们把我送回堪萨斯！"

"堪萨斯？很抱歉，我们帮不了您。我们飞猴只能在澳芝国活动，因为我们属于这里，也离不开这里，所以我们不能飞过沙漠，也就不能去您说的堪萨斯，我想堪萨斯那里是永远都不会有飞猴出现的。我们很愿意帮助您，但是这件事我们真的无能为力，对不起了，再见！"

说完，飞猴王向多萝茜深深地鞠了一个躬，张开翅膀，带着他的随从们飞走了。

③多萝茜看着飞猴们飞远了，又一次觉得回到家乡的希望破灭了，难过极了，差点儿又哭了出来，她灰心地说："唉，又白白浪费一次金帽子的魔力。"

铁皮樵夫也遗憾地说："真是太糟糕了！"

稻草人又拼命地想着，他的头又有针刺了出来，头还越来越大，多萝茜真担心他的头会爆开：

"还是问一下绿制服士兵吧，看他有没有什么好的建议。"稻草人说。

绿制服士兵没用多久就来到了宫殿里，他有些

③面对希望的破灭，多萝茜强忍泪水，她的坚强和成熟令人佩服。

④多萝茜从绿制服士兵那里又得到希望，为后文埋下伏笔，令读者更加期待。

⑤"大声"一词表现出狮子的勇敢、气势和自信，也表现了他们伙伴之间的团结友爱和共同克服困难的精神。

绿野仙踪

害怕,要知道,他可从来没来过澳芝的宫殿呢。

"我的朋友多萝茜想离开这里,要穿越沙漠,你知道有什么方法吗?"稻草人问。

"很抱歉我并不知道,除了澳芝,这里应该没有人能穿越沙漠吧。"绿制服士兵恭敬地说。

"难道我真的没有办法离开这里了吗?"多萝茜着急地问。

④"嗯,或许可以去找甘霖达女巫。"绿制服士兵思考着说。

"甘霖达是谁?"稻草人好奇地问。

"甘霖达是美丽的南方女巫。她是四个女巫中魔法最强的女巫,她统治着整个桂特琳,而且她的城堡紧靠着沙漠,或许她知道怎样穿越沙漠。"绿制服士兵耐心地解释说。

"那她是位善良的女巫吗?"多萝茜担心地问。

"大家都说她美丽又善良,还愿意帮助别人。虽然她的年纪很大了,但听说她可以让自己保持年轻美丽的容貌。"绿制服士兵说。

"那我要怎样才能找到她呢?"多萝茜问。

"在城外,有一条通向南方的路,但听说这条路很危险,会有许多野兽出现在路边的树林里,而且好像还会遇到奇异的种族,因为他们不允许陌生人经过他们的地方,所以桂特琳人也就从来没有到过翡翠城。"绿制服士兵耐心地回答。

稻草人想了想说:"看来,如果多萝茜想要回到堪萨斯,只能顺着去南方的路,寻求女巫甘霖达的帮助了。不过路上一定十分危险。"

铁皮樵夫看了看稻草人说:"真的没有别的办法了吗?你再好好儿想想吧。"

"我已经用我聪明的脑子想好了,这是唯一的办法。"稻草人认真地点了点头。

⑤这时候,狮子站了出来,大声地说:"我要和多萝茜一起去南方。说实话,我真的不太喜欢城市的生活,我还是适合在森林里生

活。况且,我可是百兽之王,只要多萝茜还在这片土地上,我就会一直保护她。"

"嗯,我也要和你们一起去。我和我的斧子也会帮助多萝茜的。要不是多萝茜救了我,我还一直在森林里生锈呢。所以,在多萝茜需要帮助的时候,我怎么能置身事外呢? 我愿意和多萝茜一起去南方寻找甘霖达女巫。"铁皮樵夫认真地说。

"好,那我们什么时候出发?"稻草人问道。

⑥善良的多萝茜对大家都满怀感激,让人不禁想到:这样可爱的人的愿望怎么会得不到满足呢!

"什么? 你要一起去吗?"大家都惊讶极了,一齐问稻草人。要知道,稻草人现在可是翡翠城的领导者,他也要离开这么美丽又富足的地方而去探险吗?

"当然,怎么能把我自己留在这里呢? 如果不是多萝茜把我从稻田中救出来,我可能现在还在竹竿上挂着呢,那我也到不了翡翠城,也永远得不到我的脑子了。所以,我一定会一直陪伴她,直到她安全地回到家乡。"稻草人诚恳地说。

伙伴们真心的话让多萝茜感动极了,她激动地说:"伙伴们,谢谢你们,谢谢你们愿意陪我去南方。你们对我实在太好了!"

⑦"阳光明媚""勃勃生机",一系列的环境描写衬托出了大家此时的愉快心情和信心。

大家都拥着多萝茜,一起笑着。

"那我们明天一早就向南方前进吧!"稻草人兴奋地说。

就这样,多萝茜和伙伴们决定向南方前进,去寻找善良的甘霖达女巫。

第二天,大家早早地就到了多萝茜的房间,准备出发。多萝茜向那位美丽的绿衣姑娘和绿制服的士兵道别。绿制服的士兵坚持把大家送到了宫殿门口。

绿野仙踪

守门的小人儿看到多萝茜他们又要离开美丽富足的翡翠城,惊讶极了。但是他还是很快地摘下了大家的眼镜,又把眼镜小心地锁回了箱子里。他衷心地祝福多萝茜,希望她可以顺利地回到家乡。

　　"您也要早些回来,您现在可是我们的领导者,一定要安全地回来。"小人儿转过身来对稻草人说。

　　"放心,我会尽快回来的。但是,我一定会帮助多萝茜回到家乡的。"稻草人坚定地说。

　　⑥<u>多萝茜看着美丽的翡翠城,想着所有帮助过她的人,心里充满了感激。</u>她对守门的小人儿说:"在美丽的翡翠城,我受到了这么好的款待,你们又善良又热情,我都不知道要怎样感谢你们了。"

　　"不用这么客气,孩子。"守门的小人儿说,"大家都很感谢你除掉了邪恶的东方女巫和西方女巫,也很希望你在这里快乐地生活下去。但是既然你选择要回自己的家乡,我们也只能将最好的祝福送给你,希望你平安地回到家乡。"说完,他便打开了城门。多萝茜和伙伴们终于踏上了去南方的道路。

　　伙伴们开心地向南方前进。即使大家知道可能又会遇到种种困难,但是已经经历了那么多,大家不再害怕了。⑦<u>在伙伴们眼里,阳光是那样明媚,一切都是那样生机勃勃,大家也随之振奋了精神。</u>多萝茜心中又对回家乡充满了深深的希望,大家也因为可以陪伴多萝茜而高兴。狮子兴奋地奔跑着,自由极了,还高兴地甩了甩自己的尾巴。小狗托托也开心地蹦来跳去,追着蝴蝶玩耍着。

　　狮子开心地说:"看来我还是适合在野外生活啊!多么自由又快活!你们不知道,我在翡翠城的几天都瘦了。现在,我是多么希望有个机会可以展示我的胆量啊!"

　　大家都转过身来,最后看了看翡翠城,现在只能模糊地看到绿色的屋顶、钟楼和教堂的尖屋顶了,当然,还有那最高的澳芝宫殿的大圆屋顶。

"其实，澳芝并不是个坏人，不是吗？"铁皮樵夫说道。

"没错！他可是给了我一个聪明的脑子啊！"稻草人点头说道。

"对啊，澳芝他给了我胆量，那他自己也一定不缺少勇气。"狮子说。

多萝茜并没有说什么，但是她也是这样认为的。虽然澳芝没有实现诺言，把自己送回堪萨斯，但他已经尽自己的努力了。所以多萝茜并没有再怪他，已经原谅了澳芝。就像他自己说的一样，他虽然不是一个好的魔法师，但他还是一个善良的人。

大家穿过绿色的原野和美丽的花丛，晚上就在草地上休息了，天上的星星眨着眼睛，陪伴大家进入了甜蜜的梦乡。

第二天一早，大家继续赶路。这时候，有一片树林出现在大家面前。⑧<u>这片树林仿佛没有尽头一样，密密实实，大家害怕在树林里迷失方向，又不敢走其他的路，只好找一处比较好通过的地方，进入了树林。</u>

稻草人走在最前面，因为他知道自己不怕摔，一旦发生了什么事，也不会有什么问题。没有多久，大家就看见了一棵很高很粗的大树，伙伴们打算从它的树荫下穿过去。大家正要走的时候，树枝突然垂了下来，迅速地将稻草人紧紧地卷起，将他抛到了空中，最后落回到伙伴们身边。虽然稻草人没有受伤，但是却吓坏了。当多萝茜扶起他时，他还是晕晕的，有点儿反应不过来。

⑧ 对树林的描写，似乎暗示着这样的环境可能充满了危险。

⑨稻草人勇敢地冲在前面，为了伙伴勇敢向前，令人感动。

⑩从多萝茜对小狗托托的举动中，可以看出她对托托的悉心爱护和关心。

绿野仙踪

狮子又看见有一个空隙可以走,马上对伙伴们说:"快看,这里还有空隙,应该可以走过去。"

⑨"还是我来试试吧,以免伤到大家。"稻草人又走了过去。

没想到,那些树枝又把稻草人卷了起来,用力地抛了出去。

"太奇怪了!怎么会这样呢?这些树好像在和我们作对,故意把稻草人扔回来的!"多萝茜边扶起稻草人边说。

"好像是这样,它们应该是阻止我们向前走。"狮子说。

"这次还是我来试试吧。"铁皮樵夫说着,扛起了自己的斧子,向大树走去。当那些树枝向他卷来的时候,铁皮樵夫立即挥起斧子,将树枝砍成了两段。那棵大树马上摇晃了起来,就像非常疼一样。趁这个时候,铁皮樵夫很快从空隙里钻了出去,没有受到一点儿伤害。

"快点儿过来吧!就趁现在,赶快过来吧!"他大声地冲伙伴们喊道。

大家迅速地冲了过来,都没有再被树枝卷住,除了小狗托托,它被一只小树枝缠住了,吓得叫个不停。还好铁皮樵夫立刻砍断了小树枝,将托托救了出来。⑩多萝茜赶快过去抱住了托托,拍着托托的头,安抚着它。

从这之后,大家就再也没有遇到会卷人的树了。伙伴们都想,也许只有最前面的树才会卷起人,阻止人前进,说不定它们就是这片树林的守卫者,不允许陌生的人进入树林。

大家继续前进,没有多久,就顺利地穿过了树林。但令大家感到惊奇的是,眼前出现了一面很高很高的墙,挡住了大家的去路。这面墙很奇怪,就像是瓷器一样光滑。

"现在我们要怎么办呢,伙伴们?"多萝茜着急地问。

"当然是要爬过去了。但是,需要我先做一架梯子才行。"铁皮樵夫说。

铁皮樵夫回到刚才的树林里,砍了一些树枝,开始做木梯。⑪这个时候,经过长途跋涉的多萝茜因为实在太累了,就这样在路边睡着了,小狗托托也睡在她的身边,连狮子也打着哈欠,很快地睡着了。还是和以前一样,只有稻草人和铁皮樵夫不会累。稻草人一直陪着铁皮樵夫,看着铁皮樵夫做木梯。

"我想了半天还是想不明白,为什么这里会有一面这样的墙呢?"稻草人困惑地说。

铁皮樵夫边干活边说:"朋友,休息休息你的脑子吧,别想那么多了,反正等梯子做好了,我们爬过去就能知道了。"

没用太长时间,铁皮樵夫就把梯子做好了。虽然看上去有些笨重,但是,照铁皮樵夫的话说,这样才结实,况且,他们可是有一位狮子朋友呢。稻草人叫醒了多萝茜、托托和狮子,告诉大家可以爬木梯了。

稻草人第一个爬上了木梯,他每次都要走在最前面,因为他知道除了火,没有什么东西能伤害到自己。为了保护好朋友,他宁愿走在最前面。虽然是这样,但木梯上的稻草人动作有点儿笨,大家都有些担心他,多萝茜紧紧跟在他后面,很怕他摔下来。好不容易稻草人爬到了墙顶,却突然停了下来,惊讶地叫了一声:"天啊!"

"怎么了?继续向上爬!"多萝茜在后面说。

于是,稻草人爬上了墙顶,坐在了上面。等多萝茜爬上来后,也忍不住叫了一声:"天啊!"

接着是托托爬了上来,也叫个不停,不过多萝茜马上让它安静了下来。

⑪"连狮子都睡着了"一个"连"字可以看出大家一路是多么辛苦。

⑫运用比喻的手法将城市街道比喻成大盘子,生动形象,充满了童真童趣,增强了奇幻性和戏剧性。

⑬通过叙述稻草人的行动,表现出稻草人的自我牺牲精神。

绿野仙踪

　　狮子和铁皮樵夫也都爬了上来，当他们看见墙里面的景象，都像稻草人一样叫了出来："天啊！"

　　大家并坐在一排，都惊奇地看着墙里面的景象。

　　这是一座美丽的城市，但是却和所有的城市都不一样。⑫整个城市的街道就像一只大盘子，那样洁白、明亮、光滑。城里有好多可爱又精致的小房子，这些房子都是用瓷做成的，外面的色彩鲜艳明亮。最高的房子差不多和多萝茜的腰部一样高。还有好多小巧的谷仓和马厩，四周的围栏也是用瓷做成的。就连站在那里的牛、羊、马、猪、鸡也都是用瓷做成的，可爱极了。

　　但最让伙伴们感到惊奇的还是这个奇妙城市里的人。挤牛奶的姑娘们和放羊的姑娘们都穿着带有金黄色斑点的白色衣服；牧童们穿着淡红色或黄色的短裤，还坠着黄色的小带子，连鞋上都有着小纽扣；公主们则穿着金色、黄色、紫色的长袍，美丽极了；王子们戴的王冠上也镶满了美丽的宝石，穿的是貂皮做的长袍和闪闪发光的紧身大衣；滑稽小丑们穿着的是满是褶皱的衣服，脸上有着红色的圆点，头上戴着尖尖的帽子。这里所有的人都是用瓷做成的，都很小巧可爱，最高的人也没有多萝茜的膝盖高。

　　刚开始的时候，根本没有人注意到多萝茜他们。只有一只紫色的小狗看见了他们，跑到墙脚下，冲着大家叫了几声，但是它的声音又尖又细，没多久就跑掉了。

　　"我们怎么才能从这里下去呢？"多萝茜问。

　　大家本来打算把梯子提过来，再爬下去。⑬但是梯子实在太重了，于是，稻草人就先从墙上跳了下去，让其他人都跳到他的身上，这样大家就不会伤到了。大家听了他的话，就这样一个一个跳了下来。当然，大家都尽量注意不要跳到稻草人的脑袋上，要知道他的脑袋里可有不少针，大家可不想让自己的脚承受被针扎的痛苦。当大家都跳下来后，赶快扶起了稻草人。稻草人已经被压得扁扁的了，大家赶快帮他整理成原样，并感谢他的牺牲精神。

多萝茜看了看这个城市，对伙伴们说："看来，我们要想按计划到南方寻找甘霖达女巫，就必须要经过这个城市。伙伴们，我们继续前进吧。"

大家开始在这座瓷城中行走。他们先遇上的是一位正在帮瓷牛挤牛奶的姑娘。当大家经过的时候，那头瓷牛受到了惊吓，突然一脚踢翻了牛奶桶和小凳子，害得挤牛奶的瓷姑娘也摔在了地上，发出了一声清脆的声响。

大家都吓坏了，尤其是多萝茜，她看到那头可爱的瓷奶牛摔断了一条腿，用瓷做成的牛奶桶也摔碎了，还有那挤牛奶的姑娘，她的手臂也摔了个洞。

"你们看看自己都干了什么事！害得我的奶牛都摔断了腿！"挤牛奶的姑娘十分生气地冲着多萝茜他们大喊，"就因为你们，我还要到修理店把它的腿再重新接好！你们为什么要跑到这里来吓我的奶牛？"

"真是太抱歉了，请你原谅我们，我们并不是故意的！"多萝茜拼命地向挤牛奶的姑娘道歉。

可是，挤牛奶的姑娘气坏了，根本不理会多萝茜的道歉。她生气地拎起那条断的奶牛腿，牵着小奶牛走开了。那头可怜的小奶牛，只能靠剩下的三条腿一瘸一拐地走了。生气的姑娘边走还边回头看看多萝茜他们，样子还是很生气，受伤的手臂，紧紧地贴在她的身上。

多萝茜觉得抱歉极了，心里也很难过。

⑯善良的铁皮樵夫对伙伴们说："在这个美丽又

⑭铁皮樵夫的一再嘱咐再一次生动地阐释了他温柔善良的性格，不忍伤害别人的天性。

⑮连续两次使用"不要追着我"生动地写出了公主当时的惊慌神态和恐惧的心情。

绿野仙踪

144

脆弱的城市里，我们的任何动作都可能给他们带来不幸。所以，伙伴们，我们一定要加倍小心，以免再发生这样的事情。"

大家没走多远，就看见了一位优雅的公主，她非常美丽，衣服也很漂亮。那位公主见到多萝茜他们，停了一下，又转身离开了。

多萝茜见这位公主那么漂亮，想把她看得更清楚一些，就追了上去。⑮但是那个瓷公主吓得不行，用细细的嗓子叫了起来："不要追着我！不要追着我！"

多萝茜连忙停了下来，问："为什么？"

公主也停了下来，小声地说："如果你一直追着我，我会很容易就摔倒的。那样的话，我就会跌破的！"

多萝茜问："跌破了就不能修理了吗？"

"可以是可以，我们有修理店，但是被修理之后，就不再漂亮了。"公主回答说。

"嗯，的确是这个样子。"多萝茜想想后，点了点头说。

"你看，那位就是我们这里的小丑乔克先生，"小公主指了指正走过来的小丑说，"他经常用头倒立，结果总是摔破身体，应该修补过一百多次，看他的样子，已经不好看了。"

多萝茜看着那个小丑走到自己面

前,虽然他穿着很漂亮的紫色、黄色、绿色的衣服,但是,仔细一看,他的身上有好多裂痕,应该就是修补过的地方。他动一动,身上的裂纹就出来一点儿。

小丑把手插在口袋里,把脸颊弄得鼓鼓的,顽皮地向伙伴们行了个礼,他唱道:

这位美丽的小姑娘,

为什么你一直盯着可怜的老乔克?

你这样僵硬而笨拙,

就像吞了一根拨火棒!

"乔克先生,请安静一点儿!你不觉得应该尊敬一下这些陌生的客人吗?"公主说。

"可这就是我对客人表示尊敬的做法啊!"小丑笑着说,还倒立了起来。

"请你们不要介意,因为乔克先生的头上有条长口子,所以显得他有些蠢笨。"公主对多萝茜说。

"没有关系,我们是不会介意的。你真是又聪明又可爱,"多萝茜对小公主说,"我真的太喜欢你了,想把你带回我的家乡堪萨斯去,放在爱姆婶婶的壁炉架上。你愿意和我一起走吗?"

⑯"<u>很抱歉,我不想离开这里。那样的生活并不是我想要的</u>。在我们这个城市里,我们可以自由地生活,可以散散步,聊聊天,我们可以做自己想做的任何事。但是,只要我们其中的一个人被拿走了,其他的人就都会立刻变得僵硬,只能傻傻地站着,供别人来玩乐了。虽然人们很希望我们待在壁炉架上、梳妆台上、橱柜或图书馆里,但是我们更愿意自由地生活在自己的土地上,不是吗?"小公主坚定地说。

⑯小公主拒绝了多萝茜的邀请,坚定地留在这里,表明她坚定的自由信念。

⑰"走了差不多一个钟头,终于走出了这里"足以看出伙伴们走出来的小心翼翼,这从正面表现了他们不忍伤害别人的性格。

⑱对杂草的描写,很高很荒凉,暗示了之后路程的艰难和即将遇到的困难。

绿野仙踪

146

"是的,你是对的。我不会勉强你和我一起走的,也不想让你难过,那我们只好告别了。再见了,美丽的公主。"多萝茜说。

"再见了。"小公主向大家挥了挥手。

大家更加小心地穿过整个儿瓷城。路上所有的小瓷人和小动物都绕开他们,生怕被多萝茜他们碰到而摔破自己。⑰走了差不多一个钟头,伙伴们终于走到了瓷城的边缘,又是一面瓷墙。还好,这面墙比之前的矮了不少,大家一起站在狮子的背上就可以跳过去了。大家都准备好了,狮子用力一跳,就离开了这座城市,但糟糕的是,狮子的尾巴不小心扫到了一座瓷教堂上,把教堂打了个粉碎。

多萝茜说:"天啊,真是糟糕!我们又犯错了!不过,在这样一个脆弱的城市,我们只弄断了一条奶牛腿和一座教堂,没有再为他们带来伤害,真是算幸运的了!"

"的确,他们那么美丽可爱,却也那么脆弱。感谢上帝,我是个稻草人,所以不容易受伤。要不是亲眼见到,真不相信还有比我更脆弱的人啊!"稻草人感慨地说道。

就这样,伙伴们终于穿过了奇异的瓷城,但是等待伙伴们的好像是更加麻烦的事。前面的道路都是池沼,还长满了杂草。⑱而这些杂草都长得很高,很容易挡住大家的视线,也就很容易掉进水里。所以,大家只能更加小心地前进,好不容易才穿过了这片池沼。

不过,这个时候的田野更加荒凉。大家艰难地走着,走了很长时间,穿过了一片矮树林,又进入了一片森林。这里的树又高又大,好像还很古老。

"这片森林实在太可爱了。看啊,到处是这么茂密的大树,如果生活在这里,一定非常舒服!"狮子看着周围的景色,兴奋地对伙伴们说。

"但是,这里好像有些恐怖啊!你不觉得有些阴森吗?"稻草人回答说。

"不会啊，要是我的话，宁愿在这里过一生。看看我们脚下的干草，多么柔软，多么蓬松，睡在上面一定很舒服！再看看这些苔藓，又绿又厚，多么适合我们动物生活啊！"

"这片森林里应该会有野兽吧？"多萝茜四处看看，问道。

"嗯，应该有的。但是为什么都没有见到呢？"狮子回答。

大家就这样边走边聊，天也渐渐地黑了，夜晚就要来了。大家一直走到完全看不见路的时候才停下来过夜。还是老样子，多萝茜、托托、狮子躺下来睡觉，不会累的稻草人和铁皮樵夫守着他们。

天亮后，大家继续前进。还没有走多远，就听见不远处传来了阵阵的低吼声，好像是很多野兽聚在一起而发出的声音。托托有点儿害怕了，忍不住叫了一声，但是多萝茜和伙伴们并没有多害怕。大家顺着小路继续走着，就来到了一片空旷的地方。大家吓了

⑲用比喻和夸张的手法，形象地刻画了可怕的怪兽形象，令人恐惧。

⑳"大声地说""充满斗志"都形象生动地写出了狮子的勇敢。

绿野仙踪

148

一跳,因为看到了一大群动物,大概有几百种,都聚在这片空地上,有老虎、大象、熊、狼、狐狸……几乎所有的动物都在。多萝茜开始有些害怕了,但是狮子向大家解释,这应该是动物大会,而从动物们的声音中听出来,它们应该是遇到了麻烦事。

狮子正向伙伴们解释的时候,开会的动物看见了他,就安静了下来。一只比较大的老虎向大家走来,向狮子鞠了一个躬,很尊敬地说:"万兽之王,欢迎您! 您来得正是时候,请您帮我们除掉那害人的怪物吧!"

"怪物? 到底发生了什么事?"狮子很镇定地问道。

⑲"最近,不知道从哪里跑来了一只怪物,它长得很可怕,就和一只大蜘蛛一样,身体就像大象那样庞大,腿也像树一样粗。它总在森林里爬来爬去,遇到动物就用一只脚捉住,立刻塞进嘴里,就像一只蜘蛛在吃苍蝇一样。只要它在森林里一天,我们就没有办法安心地生活。我们开会就是想要讨论除去它的办法。"老虎说道。

"难道这里就没有过狮子吗?"狮子疑惑地问。

"有过,但是也都被那只怪物吃掉了。不过,它们可不像您这样勇敢和强壮!"

"那如果我除掉了那只怪物,你们愿意服从我,让我成为这里的森林之王吗?"狮子接着问。

"当然! 我们愿意!"所有的动物都喊道,森林里立即响起了动物们的吼声。

"那现在那只怪物在哪里?"狮子问。

"它就在前面的栎树丛中。"那只老虎指着前面说。

⑳"好,麻烦你们照顾一下我的伙伴们,我现在就去找那只怪物! "狮子大声地说。

狮子和伙伴们短暂地告了别,充满斗志地向前走去。

当狮子看到那只怪物时,那个家伙正在睡觉。狮子一看到它就觉得很讨厌，它长得实在太丑了，真的就像老虎说的一样，像一只大蜘蛛，肢体上还全是又黑又粗糙的毛。它还有一张很大的嘴巴，露出尖尖的牙齿，好像都有一尺多长。但是很奇怪的是，连接它脑袋和身体的脖子很细，就像黄蜂的腰一样。狮子一下子就想到了攻击它的方法。

㉑狮子想到在怪物睡觉时攻击它是最好的时机，肯定要比在怪物清醒的时候好对付。于是他一下子跳到了怪物的身上，不停用自己坚硬的爪子用力地拍打着怪物的头，抓断了怪物的细脖子。那只怪物挣扎着抽搐了一会儿，就不再动了。狮子知道已经大功告成了，就从怪物的背上跳了下来。

狮子回到了刚才的空地，伙伴们正担心地等着他，野兽们也焦急地等着。狮子大声地说："那只怪物已经被我杀死了，你们以后都不用再害怕了！"

森林里的所有动物都开心地吼叫着，庆祝怪物被消灭了，一时间森林里各种动物的声音响个不停。多萝茜他们也很为森林里的动物们高兴，更为狮子的勇猛而感到骄傲。森林里的动物都跑到狮子面前，请求他留下来，做大家的大王，统治这片森林。㉒狮子答应它们，只要把多萝茜平平安安地送回堪萨斯，他就会回到这片森林。

伙伴们又一次解决了路上的麻烦，继续向南方前进了。穿过森林，大家来到了一座陡峭的山前，上面到处都是大块的岩石。

"这座山很难爬过去，但是我们一定得越过去才能继续前进。"稻草人说。

㉑狮子很快就想到了攻击的办法，说明在这一路的成长中，每个伙伴都变得更加勇敢和聪慧了。

㉒狮子没有马上留下做大王而是坚持先送伙伴们回到家乡，体现了他们的友情之深。

绿野仙踪

150

　　说完,他就走在前面,大家都跟在他后面。大家刚刚走到第一块岩石旁边,就听见一个沙哑又不客气的声音喊道:"滚回去!"

　　"是谁?"稻草人奇怪地问。

　　这个时候,突然有一个脑袋从岩石上伸出来,对他们大声地喊道:"这是我们的山,谁也别想从这儿过去!快点儿滚回去!"

　　"但是,我们要到南方的桂特琳去找甘霖达女巫,一定要从这里过去的!"稻草人坚定地说。

　　"我们是不允许你们这样做的!"那个声音继续粗鲁地喊着。

　　接着,大家看见有个奇怪的人从岩石后跑了出来,他的个子虽然矮,但是好像结实有力。这个人的脑袋非常大,而且还是扁平的,下面连接着满是皱纹的脖子,但最奇怪的是他没有手臂。

　　稻草人看到这个奇怪的人,立即就放心了,因为他并不认为这个怪人能阻挡大家前进。所以,他继续向前走着,说:"对不起,但是我们必须越过这座山。"

　　没想到,那个奇怪的人的脑袋就像弹簧一样,忽然弹了出去,他的脖子变得细长,扁平的脑袋用力地撞向稻草人的胸口,稻草人完全没有料到,被狠狠地撞了出去,跌倒在大家旁边。那个奇怪的人的脖子又很快缩了回去,得意地笑着说:"你以为那么容易就能让你过去吗?"

这个时候,在这奇怪的人的后面又响起了一片讥笑的声音。大家抬起头一看,看到好多没有手臂、脑袋又很大的怪人从岩石后面出来,他们一齐嘲笑着多萝茜他们。

狮子看到稻草人被欺负了,又听到这些嘲笑的声音,彻底地被激怒了,他怒吼着冲上山去。

㉓<u>那些奇怪的人的头几乎同时弹了出来,就像好多子弹一样,把强壮的狮子也撞了下去。</u>

多萝茜连忙跑过去扶起稻草人,狮子也爬了起来,他的身上被摔得青一块紫一块,疼得要命。

"看来我拿这些大头儿人没有什么办法了。"狮子沮丧地说。

"那该怎么办好呢?"多萝茜焦急地问。

"对了,你还可以召唤飞猴来帮忙,不是还有一次使用金帽子的机会吗?"铁皮樵夫说。

"是啊,我怎么把他们给忘了?"多萝茜拍着手说。她拿出金帽子,念起了咒语,飞猴又一次来到了大家面前。

"需要我们为您做什么吗,多萝茜?"飞猴王恭敬地对多萝茜说。

㉓最强壮勇猛的狮子也如此不堪一击,表现出敌人的难对付,也说明了后文召唤飞猴的必要性。

㉔对怪人的神态动作描写,写出他们的凶恶和失败后的气急败坏。

绿野仙踪

"请带着我和我的伙伴们越过这座山，到南方的桂特琳去。"多萝茜说。

　　"好，没有问题。"飞猴王说完，就和其他的飞猴带着多萝茜他们飞了起来。㉔当他们飞过这座山时，那些大头的怪人气得乱叫，拼命地弹出脑袋，想把多萝茜他们打下来，可是飞猴灵巧地飞着，那些怪人根本就打不到。飞猴带着伙伴们飞过田野，把大家带到了美丽的桂特琳。

　　"我们的任务完成了，这是您最后一次召唤我们了，多萝茜姑娘，我们要说再见了，祝您一切顺利！"飞猴王对多萝茜说道。

　　"再见了，谢谢你们又一次帮助了我和我的伙伴们！"多萝茜对着飞猴王感激地说。

　　飞猴们就这样挥动着翅膀飞远了。

阅读心得

　　未来的道路似乎永远充满着荆棘，但是就像多萝茜和她的伙伴们一样，尽管历尽艰辛，大家还是到了桂特琳。面对困难时，我们要永远充满勇气地去面对，这样就一定可以战胜困难。

第十四章 见到甘霖达女巫

导语

多萝茜和伙伴们在飞猴的帮助下终于到了桂特琳,见到了南方女巫甘霖达。甘霖达会像传说中一样善良吗?她会帮助多萝茜回到家乡吗?

①对桂特琳环境和桂特琳人的描写,写出了这里的美丽富足和人民的善良美好。

②伙伴们整理自己的细节描写,突出地反映出对主人的尊重,也暗示了主人是一个很注重礼节的人。

绿野仙踪

①桂特琳真是个美丽的地方,看上去富足又充满快乐。这里的田地肥沃又整齐,都是成熟的稻田,田间小路四通八达,在缓缓流淌的小溪上,还架着一座座稳固的桥,这里的房屋、栅栏和小桥都涂着鲜亮的黄色。这里的桂特琳人又矮又结实,看上去脾气很好又善良,穿的是红色的衣服,和周围金黄的稻谷、青青的小草映衬在一起十分美丽。

多萝茜和伙伴们来到了一座农夫的房子前,多萝茜走过去敲了敲门,农夫的妻子开了门。多萝茜请求她给他们一些吃的东西,好心的农妇为他们准备了一顿丰富的午餐,有三种糕点和四种小饼,还细心地为托托准备了一碗新鲜的牛奶,大家好好儿地享受了这可口的一餐。

"请问,这里离甘霖达的城堡还有多远?"多萝茜问。

　　"没有多远了。从这里继续向南走,很快就到了。"农妇说。

　　大家休息了一会儿,向好心的农妇表示了感谢,继续前进。伙伴们沿着田野,走过了一座小桥,就看见一座美丽的城堡立在不远处。城堡门前站着三位美丽的女郎,她们都穿着镶着花边的美丽的红色制服。当伙伴们走近城堡,一位女郎便问道:"你们来这里有什么事吗?"

　　"我是来拜访统治这里的善良女巫甘霖达的,可以带我和我的伙伴们去见她吗?""请先告诉我你们的名字,然后我会去请示甘霖达,再通知你们她是否愿意见你们。"

　　多萝茜把大家的名字告诉了女郎,女郎就走进了城堡,没过多久,她就出来对多萝茜说:"你们请进吧!"

　　在伙伴们见甘霖达之前,先被带到城堡里的一间房间来收拾整理。②多萝茜好好洗了洗脸,又把头发梳理整齐;狮子也摇了摇身子,抖掉毛上的灰尘;稻草人轻轻地拍着自己,把自己整理成最得体的样子;铁皮樵夫也把全身的铁都擦亮了,把身上每一个关节都滴好了油。

　　大家整理好后,就兴奋地跟着女郎来到了一间大屋子,女巫甘霖达正坐在红宝石宝座上。

　　大家觉得甘霖达女巫又年轻又漂亮。她的头发卷卷的,还是漂亮的深红色,一直垂在肩上,她的眼睛蓝蓝的,穿着雪白的衣服,微笑地看着面前的多萝茜。

　　"孩子,你需要我为你做什么吗?"女巫问。

　　多萝茜点点头,把她所有在这里经历的事全告诉了女巫,从她被龙卷风刮到芒琦金人的土地上开始说起,而后她怎样遇见了她的伙伴们,还有他们一同在路上遇到的各种奇妙惊险的事。

　　"虽然这片土地很美丽,但我现在最大的心愿就是回到家乡堪萨斯去,"多萝茜真诚地说,"亨利叔叔和爱姆婶婶一定以为我遇到了什么危险或可怕的事情了，他们一定很着急，也很担心我。而且，要是今年的收成比去年还糟糕的话，亨利叔叔肯定不能再支撑下去了。"

女巫甘霖达让多萝茜走了过来，俯身亲吻了一下多萝茜的额头，她说：

"我会告诉你怎样回到堪萨斯的。不过，你恐怕要把你的金帽子给我。"

"当然没问题！"多萝茜用力地点点头说，"我已经用完了金帽子的三次服务，没什么用处了，您拥有了金帽子，也可以召唤飞猴为您服务三次。"

"我想我很快就需要他们为我服务三次了。"甘霖达微笑着回答。

于是，多萝茜拿出了金帽子，送给了甘霖达。

甘霖达转过头来，问稻草人："如果多萝茜离开了这里，你有什么打算？"

"我会回到翡翠城，因为伟大的澳芝让我管理那里，那里的人也都很喜欢我。但让我发愁的是，不知怎样才能越过那座大山？"稻草人回答。

③ <u>"翡翠城的人们可不能失去像你这样聪明又神奇的领导者，我会用金帽子把飞猴们召唤来，让他们把你送回翡翠城去。"甘霖达说。</u>

"我真的很神奇吗？"稻草人问。

"没错，你的确是神奇的！"甘霖达笑着说。

甘霖达又过来问铁皮樵夫："多萝茜离开以后，你又有什么打算呢？"

铁皮樵夫斜靠着他的斧子，好好儿地想了一会儿说："温基人对我都很友好，多萝茜消灭西方恶女巫

③甘霖达女巫对稻草人的语言充满了鼓励和肯定，反映了她善良温柔的内心。

④运用反复的手法，写女巫和这些伙伴们的对话，增强戏剧性和童趣。

绿野仙踪

156

后，他们就想让我当温基国的领导者，我也非常喜欢温基人，如果我可以再回到温基国，就心满意足了。"

"好，我会第二次把飞猴召唤来，让他们带你回温基国。虽然你的脑子未必像稻草人一样聪明，但是你很明亮，尤其是你仔细擦过身体之后，我相信你一定可以领导好温基人的。"甘霖达说。

④接着，甘霖达女巫看了看巨大的狮子，问道："多萝茜如果回自己的家乡了，你要怎么办？"

"在大头山的另外一边，有一片古老的森林。那里生活的许多野兽让我当它们的大王。如果我可以回到那里，我一定会很开心地过完我的一生。"

"那好吧，我会第三次召唤飞猴，让他们带你回到森林。这样，金帽子的魔力也就使用完了，我会把金帽子送还给飞猴王，让飞猴们从此自由地生活。"甘霖达说。

稻草人、铁皮樵夫和狮子都真诚地感谢善良的甘霖达女巫，感谢她给予他们的恩惠。

阅读心得

　　稻草人、铁皮樵夫、狮子在和多萝茜一起旅行中找到了自己想要的智慧、爱心和勇气。而他们对多萝茜的友情，也让善良的甘霖达女巫给予了他们最好的回报。人生也是这样，只有勇敢积极地面对人生，善良真诚地对待他人，才会获到最好的回报！

第十五章 回到家乡

导语

多萝茜终于可以回到家乡了，但是同时也意味着要和亲爱的伙伴们分别了。善良的甘霖达女巫告诉了多萝茜银鞋子的使用方法，多萝茜会顺利地回到家乡堪萨斯吗？

多萝茜很高兴自己的伙伴们之后都会有好的生活，但是，甘霖达女巫还没有告诉她怎样才能回到家乡堪萨斯呢。

多萝茜对甘霖达女王说："谢谢您对我的伙伴们的恩惠，您还把自由还给飞猴们，您真的是很善良的女巫，但是您还没有告诉我，怎样才能回到堪萨斯呢？"

甘霖达看了看多萝茜，笑着说："傻孩子，其实当你得到东方恶女巫的银鞋子时，你就可以回你的家乡了。"

①"什么？"多萝茜难以置信地看着甘霖达女巫，"真的吗？怎么会呢？"

"因为那双银鞋子是有魔力的。它可以带你穿越这四周的沙漠，回到堪萨斯去。所以，如果你一开始就知道它的魔力，那你在来到这里的第一天就已经

① "真的吗？怎么会呢"连用两个问句表现了多萝茜难以置信的程度。在一系列的努力跋涉后，得知原来如此简单就可以实现回家的心愿。令人意外，体现了作者的构思巧妙。

绿野仙踪

158

可以回到你叔叔和婶婶身边了。"甘霖达女巫说。

"可是那样的话，我就得不到多萝茜的帮助，估计会一直守在稻田里，被乌鸦们欺负，也就得不到我现在的聪明脑子了！"稻草人激动地说。

"对啊，那样的话，我可能现在还在树林里傻傻地生锈着，也得不到我现在的这么可爱的心了！"铁皮樵夫也着急地说。

"那我就要永远当个胆小的狮子了，任何动物都会看不起我的！"狮子甩了甩尾巴说。

多萝茜看看伙伴们，对甘霖达女巫说："他们说得都对，我很高兴自己结识了这么好的伙伴，他们也都实现了自己的愿望，之后也会有自己的国家，成为出色的领导者，生活得幸福快乐。所以，现在的我才是离开这里、回到家乡的时候。我并不后悔我在这片土地上所经历的一切。"

甘霖达点点头，对多萝茜说："你真的是个善良的孩子。让我来告诉你吧，这双银鞋子有着神奇的魔力，只要三步，就可以把你带到你想去的任何地方，只需要一点点儿的时间。你并起双脚，再转动你的鞋跟，相互碰上三次，你就可以出发去想去的地方了。"

多萝茜兴奋地说："那就让我回到家乡堪萨斯去吧。"

②多萝茜要和她的伙伴们告别了。她看了看大家，伸出手臂，抱住了狮子毛乎乎的脖子，亲了亲他，轻轻地拍了拍狮子的头，接着她又亲了铁皮樵夫一下，铁皮樵夫都难过地流出了眼泪，他这回可不管自己会不会生锈了。多萝茜最后好好地抱了抱稻草人，紧紧地拥住了满是稻草的身体。多萝茜马上就要和伙伴们分开了，心里难受极了，也留下了眼泪。大家一起经历这么多事情，有着这么多共同的回忆，都舍不得分开，留下了不舍的眼泪。狮子的尾巴又一次因为擦眼泪而湿了。

这个时候，甘霖达女巫也从红宝石宝座上走了下来，温柔地吻了一下多萝茜，向她道别。多萝茜又一次向善良的甘霖达女巫表示了感谢，感谢她帮助了自己和伙伴们。最后，多萝茜抱住小狗托托，不舍地看了看伙伴们，向大家最后道别。她并起双脚，连碰了三次鞋跟，说道："带我回到堪萨斯的家，回到亨利叔叔和爱姆婶婶的身边吧。"

多萝茜刚刚说完，就被一阵龙卷风卷到了空中，就这样离开了澳芝国这片神奇的土地。

她感觉自己在空中快速地飞着，只听得见"呼呼"的风声。银鞋子只走了三步，就突然停了下来，多萝茜落到了一片草原上。③她爬了起来，看了看四周，开心地叫了起来："啊！我终于回来了！我终于回

②"伸出手臂抱住狮子，亲了亲""抱着铁皮樵夫""紧紧拥住稻草人满是草的身体"这一系列动作描写，表达出了大家的难舍难分，感情之深。

③连用"我终于回来了"两次，强调多萝茜回到家后的喜悦心情。

④"激动得喊着""张开手臂拥抱""不停地亲着"刻画了婶婶对多萝茜深深的思念和见面后的喜悦激动的心情。

绿野仙踪

家了！"她高兴地发现自己终于回到了堪萨斯草原，在她眼前的是一栋新的小木屋，是龙卷风过后亨利叔叔重新盖的。亨利叔叔正坐在屋前挤着牛奶。

托托发现回到了熟悉的地方，连忙从多萝茜的怀里跳了出去，欢快地跑向小仓库。多萝茜赶快站了起来，却发现脚上的银鞋子已经不见了，永远丢失在澳芝国附近的沙漠中了。

爱姆婶婶正好从屋里出来，要去洗菜，却看见思念已久的多萝茜正欢快地跑过来，"天啊！我亲爱的孩子，你终于回来了！你还好吗？"④爱姆婶婶激动地喊着，张开手臂拥抱着多萝茜，不停地亲着她。这个时候，亨利叔叔也跑了过来，高兴地抱住多萝茜。

"亨利叔叔，爱姆婶婶，我好想你们啊！"多萝茜抱着叔叔、婶婶，开心地跳着。

"孩子，你究竟去了哪里？"爱姆婶婶充满疑惑地问。

"我可是从澳芝国回来的！托托也和我一起回来了！"多萝茜兴奋地说，"亲爱的亨利叔叔、爱姆婶婶，我终于回家了！我真的好高兴啊！"

多萝茜历尽各种艰辛，终于回到了自己的家乡，觉得幸福极了。而在澳芝国的种种奇遇，就好像一个奇妙又惊险的梦，永远地记在她的心里。

经历了各种磨难的多萝茜终于回到了自己的家乡，回到了叔叔、婶婶身边。这次澳芝国的经历和各位好伙伴会让她永远铭记在心。

附录

延伸阅读

绿野仙踪

人物关系图

多萝茜澳芝国历程图

人物分析

澳芝国真正的国王——莱曼·弗兰克·鲍姆

《绿野仙踪》的多种艺术表达形式

《绿野仙踪》教给我们的 ……

《绿野仙踪》参考读后感

小知识链接

人物关系图

爱姆婶婶

亨利叔叔

住在一起的亲人

小狗托托

绿野仙踪

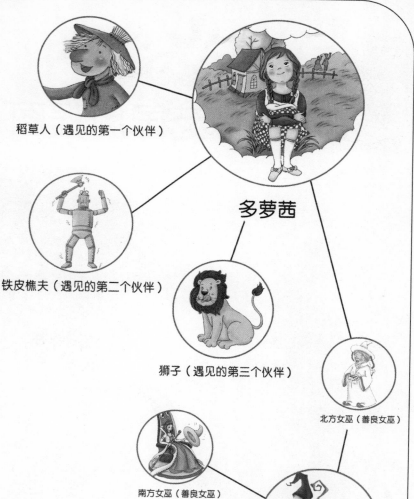

稻草人（遇见的第一个伙伴）

铁皮樵夫（遇见的第二个伙伴）

多萝茜

狮子（遇见的第三个伙伴）

北方女巫（善良女巫）

南方女巫（善良女巫）

东方女巫（邪恶女巫）

西方女巫（邪恶女巫）

多萝茜澳芝国历程图

① 芒琦金国

⑤堪萨斯

②翡翠城

④桂特琳国

③温基国

人物分析

多萝茜

「性格」

    纯真善良,喜欢帮助别人,遇到困难时不慌不忙,是一个勇敢、富有爱心且坚持不懈的少女。

「表现」

    初次展开旅行，带领各类朋友一起去冒险。在旅途中,她偶遇了稻草人、铁皮樵夫和狮子,愉快地接受了他们的请求与自己一起上路。虽然遇到了各种困难和挫折,但多萝茜都没有屈服,尽心尽力地与伙伴们一起想出办法,解决问题。多萝茜始终坚持要返回家乡,无论是在困难险阻面前,还是在充满诱惑、富足快乐的生活面前,都没有放弃回家的愿望。

绿野仙踪

稻草人

「性格」

　　具有一颗沉着又温柔的心。在刚开始的时候，稻草人其实有很多事情都是自己完全能想明白的，但他却认为自己没有脑子，就放弃了。他在大家面前表现得没有自信，总是怀疑自己的能力。所以他非常希望能够得到一个脑子，这样自己就不再是一个傻瓜，就能知道更多的事情，变得聪明了。

「表现」

　　虽然因为自己没有脑子而总觉得自己笨笨的，但在与多萝茜一起上路的途中，每次遇到危险，稻草人都能发挥过人的智慧，帮助伙伴们解决遇到的难题，充分表现了他的聪明才智。最后，稻草人成为了翡翠城新的领导者。

铁皮樵夫

「性格」

坚强又善良，面对吃力的工作，不会推脱也不怕挫折。

「表现」

利用他的斧子，一下子就可以将需要的东西做好。铁皮樵夫非常能干，有着坚强的、不会受伤的身体。他渴望自己拥有一颗心，因为他想要用心去爱，想回到自己心爱的姑娘身边，和她结婚。在陪同多萝茜上路的途中，他表现出了他的善良，尽了自己最大的努力保护着伙伴们的安全。最后，他成了温基人的领导者。

绿野仙踪

狮子

「性格」

　　胆子小，但在冒险期间，常发挥潜力，勇敢地帮助他人。

「表现」

　　帮助多萝茜及朋友们渡过河流，越过山谷。狮子一开始很胆小，总是在害怕，而实际上他自己能做很多事。他希望自己有更多的胆量，不再是胆小鬼。最后，他成为了森林之王。

个人简介

澳芝国真正的国王
——莱曼·弗兰克·鲍姆

个人简介

莱曼·弗兰克·鲍姆（Layman Frank Baum, 1856—1919），美国19世纪末20世纪初的著名儿童文学作家，一生共为孩子们创作了60多部精美的童话。被誉为"美国儿童文学之父"，自封为"澳芝国皇家历史学家"。

莱曼·弗兰克·鲍姆出生在美国纽约州的奇特南戈(Chittenango)。他的父亲本杰明·伍德·鲍姆因开采石油而富有，母亲辛西亚·鲍姆是一位女权主义运动的积极分子。鲍姆和他的七个兄弟姐妹，从小在锡拉库扎北部的家里一起长大。"高大的房子沐浴在温柔的阳光中，很凉爽……建造得非常奇特，但是很优美，楼上有很多门翼、三角墙，并且每一面都有宽阔的阳台。"这是鲍姆后来在《多特和托特》(1901年)中对家的描写。

因为心脏不好的关系，鲍姆从小受到家人的特殊照料，他不

绿野仙踪

172

能像其他兄弟姐妹们一样玩耍,却正激发了他的创造力。在这个时候,鲍姆迷上了各种童话故事和英国作家的作品,狄更斯是他最喜欢的作家。在很小的时候,他就已经表现出对那些带有恐怖色彩的童话的不满,"我很小的时候就喜欢童话故事……我还是一个挑剔的读者。那时我最讨厌的就是故事里的巫婆和小妖精,我不喜欢树林里的那些小矮人不断地制造恐怖。"而也许是因为鲍姆天生具有丰富的想象力,那些略带恐怖的童话都成了他幼时的噩梦。他对童话故事和幻想故事的痴迷,让他的父母很担心影响他性格的形成,就将他送去了军校。在 1868 年到 1870 年间,他在皮斯克尔军校念了两年书,但是军校严谨苛刻的生活并没有改变鲍姆的性格,反而让他精神崩溃,父母只好将他接回家中,不再限制、干涉他的兴趣。

鲍姆因为受童话故事的影响,在很早就显现出讲述故事和写作的才华。在他 15 岁的时候,就因参与编辑的报纸大获好评而受到人们的关注。他还曾与父亲一起养殖家禽,并帮他的父亲编辑了《家禽养殖录》。此外,他还给《纽约农场》和《奶农》写过专栏。因为家庭的殷实以及父亲对他的爱,在他迷上戏剧创作的时候,父亲就为他买下了几座戏院,供他展现自己的戏剧才华。在纽约,他曾在自己写的剧本中和梅·罗伯茨同台表演。

鲍姆有着很广泛的兴趣,在成年之后,他先后从事各种职业,包括报社编辑、记者、戏剧演员、编剧、文员、小农场主,甚至还当过杂货店的老板。而在很长的一段时间里,他在世界各地进行商务旅行,他的足迹甚至到过中国。丰富的旅行经历为他日后的创作积累了很好的素材。但在父亲因病去世后,家境开始衰落,鲍姆不得不做起了生意,随和又优柔寡断的个性,让他在生意上不断失败。当他开杂货店时,附近的孩子们最喜欢去他的店铺听他讲故事,而他也把大部分的时间都花在给孩子讲故事上。再加上经济状况不好,善良的鲍姆经常让邻居们赊账,最后杂货店就这样倒闭了。

孩子们最喜欢鲍姆,因为在他那里可以听到各种奇妙的故事,他们崇拜又喜爱他,以至于只要在路上遇见鲍姆,孩子们都会拦住他,请他讲个故事再走。这无疑给了鲍姆最好的回应与鼓励。

写作经历

当了父亲后的鲍姆,经常回忆着自己在童年时为之着迷的童话故事,但当他想起时,只觉得大部分故事枯燥无聊,内容也只是刻板地讲述各种大道理。鲍姆就构想了一些故事,可以让人听后感觉愉快,还把当时的一些简单的儿歌也改编成生动有趣的故事。1897 年,他写作了一本《鹅妈妈的故事》的散文集,获得了很好的反响。这本书是鲍姆由讲给自己孩子的故事改编而成的,最后一章中介绍了农场女孩儿多萝茜。而就在这本书的引言里,他提到自己编辑这部书的目的,是想给孩子们一个全新的现

绿野仙踪

代童话，而不是像《格林童话》那样吓着孩子。之后他又出版了一本故事集《鹅爸爸的书》，出版后即成为畅销书籍。

就在一天晚上，本来和其他的夜晚一样，鲍姆在给几个儿子讲着故事，突然一个前所未有的灵感闪现在他的脑子里。他一边哄着孩子们安静下来，一边迫不及待地抓过一片废纸写下了自己的灵感。而这个灵感就是一个关于翡翠城的故事，也就是澳芝国一系列故事的雏形。

1900 年，也就是鲍姆 45 岁的时候，他完成了著名的《绿野仙踪》（也叫做《澳芝国的魔法师》）。其中第一版的绘图是由鲍姆的好朋友邓斯洛绘制的，印刷很精美，可以和《鹅爸爸的书》相媲美。《绿野仙踪》是美国儿童文学史上第一部受到极高赞誉的童话故事，至今仍受到世界人民的喜爱。

鲍姆创作《绿野仙踪》时，并没有想把它写成很多卷，但是让鲍姆也没有想到的是，《绿野仙踪》很受大家的欢迎，在读者中的反响也越来越大，因此人们渴望看到续篇的呼声也越来越高。在《绿野仙踪》出版后，连续两年都居于童话类图书的首位，这让一直碰壁的鲍姆终于感受到了上帝的眷顾。虽然他也曾尝试创作别的童话故事，但是人们还是不停地催促他继续写澳芝国的故事。在这种情况之下，鲍姆接着创作了《澳芝国的地方》《多萝茜与澳芝国的巫师》《去澳芝国的道路》《澳芝国的翡翠城》《澳芝国的澳芝玛》《澳芝国的补丁姑娘》《澳芝国的梯克—托克》《澳芝国的稻草人》《澳芝国失踪的公主》《澳芝国的铁皮人》等十几部澳芝国系列长篇童话,以及 6 本《小魔法师的故事》短篇童话。

鲍姆曾经说过:"我的书是为那些心灵永远年轻的人写的,无论他们年纪有多大。"除了用本名写作童话之外,他还用弗洛伊德·艾克斯(Floyd Akers)的笔名,写了 6 本给男孩子的书;又以伊迪斯·凡·戴恩(Edith Van Dyne)的笔名,写了 24 本给女孩子的书;并以舒勒·斯汤顿(Schuyler Staunton)的笔名,写作了两部长篇小说:《小丑的命运》(1905 年)和《命运的女儿》(1906 年)。这些想象力丰富的短篇故事,也深受青少年们的喜爱。

1905 年时,人们觉得关于澳芝国的书还不够多,于是一份小报纸《澳芝都市报》就这样创办了。鲍姆最后一本关于澳芝国的书是《澳芝国的甘霖达》,在他去世后的 1920 年出版。

鲍姆的一生都被疾病所困扰,1910 年, 他和妻子及 4 个儿子一起搬到好莱坞居住,给自己的房子起名为"澳芝小屋",并在那里度过了余生。1919 年 5 月 5 日,鲍姆离开了人世,虽然因为崇尚简单,他的墓碑上只有一行字:"L.弗兰克·鲍姆,1856—1919",但是, 对于那个时代的读者来说,鲍姆无疑是澳芝国真正的国王,孩子们在澳芝国的历险也并没有结束。

鲍姆一直自称为"澳芝国皇家历史学家",在他去世后,露丝·普拉姆利·汤普森 (Ruth Plumly Thompson) 受到出版商的委托,继续创作着澳芝国的故事,为澳芝国系列又写了 19 部丛书,像这样的作家还有鲍姆的孙子罗杰·鲍姆、插图画者约翰·R.内尔等等。一直到 1995 年,还有全新的澳芝国系列丛书

绿野仙踪

在美国出版。

正像鲍姆曾经说过的那样："应该让孩子们在童话故事中寻找快乐，并且轻松地忘掉那些让人不愉快的经历。"

《绿野仙踪》，就是这样一部不断为孩子们创造着快乐的童话传奇。

主要作品

《澳芝国的地方》《多萝茜与澳芝国的巫师》《去澳芝国的道路》《澳芝国的翡翠城》《澳芝国的澳芝玛》《澳芝国的补丁姑娘》《澳芝国的梯克—托克》《澳芝国的稻草人》《澳芝国失踪的公主》《澳芝国的铁皮人》《澳芝玛公主》《多萝茜小公主》《青蛙人》《稻草人》《铁皮人》《滴答人》《南瓜头》《魔法师》《比尔船长》《好女巫》《补丁姑娘》《林基延克国王》。

艺术形式

《绿野仙踪》的多种艺术表达形式

在 1901 年，澳芝国系列的第一部作品被改编成音乐剧，鲍姆参与了编剧和歌词创作。1914 年，鲍姆还参与了《澳芝国的补丁姑娘》的拍摄。同年，他在洛杉矶建立了名为"澳芝电影制片"的公司，后改名为"特色电影公司"，并在 1914–1915 年间担任导演。但是最后电影公司还是倒闭了，只制作了两部关于澳芝国系列的电影，分别是《澳芝国的稻草人》和《澳芝国的魔力斗篷》。不过，澳芝国的故事还有很多次被搬上了大银幕。其中最经典的就是 1939 年由美国米高梅公司改编拍摄的电影《绿野仙踪》，由年仅 16 岁的朱蒂·加兰（Judy Garland）扮演多萝茜。这部影片获奥斯卡最佳画面提名，朱蒂·加兰演唱的主题曲《跨越彩虹》（Over the Rainbow）获得奥斯卡最佳歌曲奖。

为什么《绿野仙踪》会这么吸引人，这么经久不衰，米高梅公司给出了最好的答案："与人为善的人生观是永远不会过时的，时间在它面前也无能为力。"

绿野仙踪

《绿野仙踪》
教给我们的……

《绿野仙踪》一直受到大家的喜爱，不仅是青少年读者，连成人也很向往澳芝国的奇妙世界。尤其对青少年来说，《绿野仙踪》所传达的不只是奇妙的旅行，它满足了大家的好奇心，还在潜移默化间教给了大家很多东西，它既是奇妙而充满想象的历险记，又是给人以启发和激励的故事。在主人公多萝茜和她的伙伴们的身上，我们可以学到很多：

坚持自己的梦想，不轻言放弃

多萝茜和她的伙伴们每个人都有着自己的梦想，稻草人想要一个聪明的脑子，铁皮樵夫想要一颗可以感受爱的心，狮子希望自己有更多的胆量，而多萝茜希望自己可以回到家乡。这些梦想，就像是伙伴们走的黄砖路，需要大家一步一步地走；就像是澳芝的翡翠城，需要一砖一瓦来建造。但这些都不是简单的，多萝茜和伙伴们在旅程中总会遇到各种困难和麻烦，但是大家始终坚持不懈，坚强勇敢地向目标前进，最后都实现了自己的梦想。

团结一致，互相鼓励

友谊对于每个人来说都是重要的。它像是最美丽的翡翠，光彩照人；像是晴朗的天空，广阔包容。而在《绿野仙踪》里，你可以时时刻刻体会到多萝茜和伙伴们之间的友谊，即使没有强烈的表现，却始终让我们感动。在森林里遇到开力大这样的野兽时，即使是

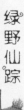

胆小的狮子，即使它自己也害怕得发抖，也敢对着野兽大叫；稻草人虽然没有脑子，但是每次遇到危险时他都走在前面，因为他知道自己不容易受伤，来保护伙伴们；而能干的铁皮樵夫每次遇到危险的时候都会用他的铁斧来保护大家。试着想一下，如果多萝茜没有遇到这些伙伴，那她还可以顺利地回到家乡吗？同样，如果伙伴们没有遇到多萝茜，可能稻草人还傻傻地挂在稻田里，可能铁皮樵夫还可怜地在森林里生锈着，可能狮子永远就是个胆小鬼了。而正是多萝茜和伙伴们之间真挚诚恳的友谊和团结一致的信心，才让大家克服了各种困难，最后都实现了自己的梦想。

友谊是我们珍贵的宝物，如果我们身边没有了朋友的存在，就会像是夏日缺少阳光一样。在与朋友的交往过程中，记得要保持善良的心，只有真心的付出，才会得到真诚的回报。

读后感

《绿野仙踪》参考读后感

读《绿野仙踪》有感

初一 同同

《绿野仙踪》是我很喜欢的童话,讲的是原本在美国堪萨斯的小女孩儿多萝茜和小狗托托因为一场龙卷风而到了澳芝国的故事。她在寻找回家的路的路上,先是遇到了没有脑子的稻草人,之后遇到了没有心的铁皮樵夫和胆小的狮子,他们一起踏上旅程。在路上,大家互相帮助,团结友爱,解决了种种麻烦,终于到了翡翠城。在澳芝的帮助下,稻草人、铁皮樵夫和狮子都实现了自己的愿望,多萝茜也在好朋友们的帮助下,带着小狗托托回到了自己的家乡。

看过这个故事后,我不自觉地喜欢上了多萝茜。因为她是那样的善良、勇敢和坚强。在澳芝国这个陌生的地方,她始终都坚持着想要回家的愿望,而每次面对困难和麻烦的时候,她都会表现出坚强的意志。当西方恶女巫一直欺负多萝茜和伙伴们时,多

绿野仙踪

萝茜每次都和伙伴们想出应对的办法，而当她自己面对恶女巫的时候，她也没有默默地忍受欺负，而是一直想办法应对，最后终于把西方恶女巫化成了水。其实，我看到这里的时候有些惭愧。多萝茜那么勇敢、坚强，而我自己却经常在困难面前退缩。在上课的时候，有时老师问的问题难一些，我都不敢举手回答。而多萝茜是那么自信、坚强，我要把她当成我的榜样，在我害怕和没有自信的时候，多想想多萝茜，一定会变得坚强的!

我从这个故事里还学到了好朋友的重要性。如果多萝茜没有稻草人、铁皮樵夫、狮子这些好朋友的帮助，她也不能顺利地回到家乡。正像书里写的那样，多萝茜先是帮助了各位好朋友，所以大家才会一直陪伴着她，稻草人帮多萝茜去摘果子，铁皮樵夫在关键的时候砍树、做木梯，狮子帮大家越过危险的壕沟……他们之间的友谊真的让我感动。我也要学习他们，面对困难的时候，和同学们团结一致，互相帮助。

《绿野仙踪》这个故事让我学到了很多东西。我要像多萝茜他们一样鼓足勇气，团结友爱，积极勇敢地面对各种困难，我一定可以做得到!

《绿野仙踪》读后感

初二　红红

　　《绿野仙踪》是我很喜欢的一个故事，我觉得它并不是一个简单肤浅的童话故事。童话的定义，似乎是大人们强加在《绿野仙踪》上的，在我看来，《绿野仙踪》有着更深刻的含意。而这个故事也不是只为小孩子写的，就像作者莱姆·弗兰克·鲍姆说的一样："我的书是为那些心灵永远年轻的人写的，无论他们年纪有多大。"

　　突如其来的龙卷风，神奇的澳芝国，有好有坏的女巫，美丽的翡翠城，作者丰富的想象力为这个故事增添了神奇的色彩，也正是因为我们的世界以外的神秘会吸引我们去探寻那个澳芝国的世界。多萝茜会不会回到家乡？她和好朋友们都会遇到什么样的事情呢？他们都会实现自己的愿望吗？带着这些疑问，我感受到了读书的乐趣。

　　《绿野仙踪》是积极的，但它又不会像那些枯燥的、只会讲大道理的故事一样，我会随着多萝茜的脚步在澳芝国里探险。难得的是，《绿野仙踪》传达了深远的意义。就像稻草人、铁皮樵夫和狮子分别想得到智慧、爱心、勇气，而正是因为他们没有这些，因为他们的渴望，才让大家在旅途中不断成长，最后达成各自的愿望。让人羡慕和感动的是他们之间的友谊，因为大家的团结，集结了所有人的智慧和力量，才可以不断地战胜困难，也在不经意间克服了自身的弱点，不断成长。我最喜欢里面澳芝对于脑子、心和胆量的解释，虽然简单，但是其中却蕴涵着对

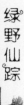

绿野仙踪

人生的思考。就像他说的一样，即使有了脑子，没有经历过什么，没有任何的经验，而只是庸庸碌碌地活着，那就和没有脑子一样；而心是敏感的，如果一个人从来都不会感受别人给予他的爱，只有一颗自私的心，那他就相当于没有心；至于胆量，每个人都有害怕恐惧的时候，但只要有信心，敢于去面对，有多少胆量又有什么关系呢？

在阅读的过程中，我会在不知不觉中跟随着大家的脚步，我也像是伙伴中的一员。而他们的善良、坚强、勇敢都是我需要学习的。我曾经想过，如果自己是多萝茜，可能没有像她一样的勇气。不管怎样，我会随着多萝茜一同成长，克服各种在学习上、生活上的困难，学会坚强地面对一切，坚持自己的理想，成为一名优秀的中学生！

《绿野仙踪》读后感

初三　源源

最近刚刚读完了《绿野仙踪》，故事中的几个小伙伴在旅途中互帮互助，他们善良勇敢的品质和不畏艰险，一定要实现理想的决心和毅力，无不深深的感染了我，使我受益匪浅。

这个充满趣味和幻想的故事讲的是：可爱善良的小姑娘多萝茜和亨利叔叔、爱姆婶婶居住在堪萨斯大草原上。一天，一场龙卷风把她刮到了一个陌生而又神奇的国度——澳芝国。在那里，多萝茜结识了想要脑子的稻草人、想拥有一颗心的铁皮樵夫和想要胆量的狮子。他们为了实现各自的心愿，踏上了寻找澳芝的路。一路上他们遇到许多稀奇古怪、好玩又危险的事情。最后，他们凭借自己的智慧和顽强的毅力，最终如愿以偿的得到了自己想要的东西。

其实，感动我的不仅仅是多萝茜不畏艰险的精神，还有她那与同伴有福同享、有难同当的优秀品质。我在想，如果是我，一个人到了陌生的地方，还会像多萝茜一样勇敢，一样的乐观吗？可能我会六神无主、不知所措才是真。我们这一代出生在蜜糖罐里，从小就有无数人的宠爱，养成了骄纵、蛮横、不能吃苦的性格，还伴有不喜欢和别人分享的自私表现。无论什么，如果是自己的，就不喜欢别人碰；如果别人有的，自己也一定要有，喜欢和别人攀比。想想这些，我不禁感到惭愧。

我们在生活和学习中，就应该像多萝茜一样，当朋友陷入困境时，一定要及时的伸出援助之手，帮助朋友走出困境。而且，我们总会遇到一些意想不到的困难和不如意的时候，这个时候，不要灰心，丧气，要勇敢的去面对它，用坚持不懈的努力去战胜困难，相信自己总有一天会克服困难，迎来曙光。这就是《绿野仙踪》带给我的启迪。

知识链接

堪萨斯州

美国的农业州，也叫向日葵州，位于美国中部。

17、18 世纪前后曾被西班牙和法国占领，1803 年归属美国，1861 年加入联邦成为美国第 34 个州。堪萨斯州大部分地区是平原，地势自西向东倾斜，平均海拔 610 米。这里属于温带大陆性气候，有较大温差变化，常有沙尘暴天气和旱灾。堪萨斯的两大经济支柱分别是农业和制造业。农场面积占全州的 80%，小麦产量居全国之冠，有"美国粮仓"的称号；高粱产量位居第二；牛肉、干草产量占第四位；猪肉产量占第八位。有较发达的面粉加工产业，肉类罐头加工业发展迅速。

龙卷风

是伴随着从积雨云底部下垂的漏斗状云柱的强烈旋风。由于漏斗云中的气压较低，有很强的吸吮作用，当漏斗云伸到陆地表面时，将大量沙尘等都吸到空气中形成尘柱，称为"陆龙卷"；当漏斗云伸到海面时，会吸起高大的水柱，称之为"海龙卷"或"水龙卷"。

绿野仙踪

龙卷风的直径约几米到几百米,移动距离一般为几百米至几千米,个别的会达到几千米以上。龙卷风的中心气压极低,一般比同高度周围气压低几十百帕,风速和上升速度都很大。龙卷风中心附近的风速一般约为每秒几十米,严重时可达到150米/秒以上,最大上升速度可达每秒上百米。龙卷风的旋转方向在北半球一般都是逆时针的,但也有少数情况出现顺时针的。

龙卷风主要发生在中纬度地区(20°~50°)。出现最多的国家是美国,平均每年约出现500次。中国也会出现龙卷风,在每年春季和初夏,常常发生在华南、华东地区。龙卷风一般难以准确预测,但是可以根据天气条件判断在某一地区出现龙卷风的可能性,通过雷达预测,及时发出警报。

热气球

热气球的球身是用涤纶织物编织而成的,下部有充气口,顶部有绳索操控的圆形天窗。球体下面是藤制的吊篮,用绳子连接,并在球体和吊篮之间有产生热气的装置。利用风扇向气球充气,再通过喷嘴燃烧氮气汽化的液体石油,使气球中的空气变热,发出热力。气球升空后,随着风飘行,利用不同高度的不同气流来控制飞行高度和速度。

稻草人

用稻草做成酷似人型的偶人,外面穿上衣服,以吓唬跑到农田里啄食粮食谷物的鸟兽,因为是用稻草做成的,所以叫"稻草人"。

稻草人最早的由来是始于三国时候,据说,在著名的"草船借箭"的故事之后的第二天早晨,有一位渔翁正巧捕鱼到此,哪知竟然钓上来一个十分精制的稻草人,头戴皮盔,身穿皮甲,就如同真人一般,十分惹人喜爱。渔翁把草人搬进船舱,十分珍惜地藏进小船暗舱里。

　　这位渔翁是荆州地界的一个农民,他冬闲的时候捕鱼,到了农忙的时候就种地。他回到家中后,把那个草人拿给全家人看,大家都十分惊奇,也都很喜欢。

　　没过多久,神奇的事情就发生了,从稻草人第一天到渔翁家里,渔翁家里的老鼠就绝了踪影。全家人对此感到十分惊奇,都猜想这一定是稻草人的威力。到了清明谷雨的落种季节,田鼠和麻雀总要来破坏庄稼,渔翁年年为此感到头疼,这一年他突然想到了稻草人。渔翁把草人搬到地里,果然,稻草人在田里一站,田鼠不来了,鸟雀也飞走了。这个消息很快就传遍了全村,农民们家家都在田间扎上了稻草人,因为这个办法有很好的效果,所以一直流传至今。

罂粟

　　罂粟是二年生草本植物。原产于地中海东部山区、小亚细亚、埃及、伊朗、土耳其等地,公元 7 世纪时由波斯地区传入中国。现在的印度与土耳其是两大主要产区。

　　在古埃及,罂粟被人称之为"神花"。古希腊执掌农业的司谷女神手里就拿着一枝罂粟花,足见人民对罂粟的赞美。另外,古希腊神话中也有有关罂粟的故事,统管死亡的魔鬼之神许普诺斯的儿子玛非斯手里也拿着罂粟果,以便守护他酣睡的父亲,免得他被惊醒。

　　罂粟还有极大的药用价值,可用于镇痛、止咳、止泻、肺虚久咳不止、胸腹筋骨各种疼痛、久痢常泻不止等症,但容易成瘾,不宜常

绿野仙踪

服。中医也以罂粟壳入药,处方中又名"御米壳"或"罂壳"。罂粟常于夏季"割烟"后采收,去掉蒂头和种子后,晒干醋炒或蜜炙备用,种子还可以榨油。

翡翠

　　翡翠,也称翡翠玉、翠玉、硬玉、缅甸玉,是玉的一种,颜色呈翠绿色或红色。翡翠的名称最早来自于鸟名,这种鸟的羽毛非常鲜艳,雄性的羽毛呈红色,名翡鸟,雌性的羽毛呈绿色,名翠鸟,合称翡翠,明朝时,缅甸玉传入中国后,就以"翡翠"命名。

　　翡代表红色,翠代表绿色。翡翠是玉石中最珍贵、价值最高的一种,被称为"玉石之冠",由于深受东方一些国家和地区人们的喜爱,因而被国际珠宝界称为"东方之宝"。

　　早期翡翠并不名贵,身价也不高,不为世人所重视,直至18世纪末,翡翠一跃成为了昂贵的珍玩。

　　在缅甸古都阿摩罗补罗城的一座中国式古庙里,碑文上刻有5000个中国翡翠商的名字。明中叶,高官太监驻守保山腾冲专门采购珠宝。当时从永昌腾越至缅甸密支那一线已有"玉石路""宝井路"之称。腾冲至缅甸的商道最兴盛时每天有2万多匹骡马穿行其间,腾冲的珠宝交易几乎占了世界玉石交易的9成。到1950年,腾冲县在缅甸的华侨达30余万人。直到今天,云南人在缅甸从事翡翠行业的也达数万人之多。

图书在版编目（CIP）数据

绿野仙踪 / 崔钟雷主编. —长春：吉林美术出版社，
2009.11（2010.8 重印）

（语文新课标必读丛书）

ISBN 978-7-5386-3575-1

Ⅰ.绿··· Ⅱ.崔··· Ⅲ.童话－美国－近代－缩写本

Ⅳ.I712.88

中国版本图书馆 CIP 数据核字（2009）第 193808 号

策　　划:钟　雷
责任编辑:栾　云
封面设计:稻草人工作室

绿野仙踪

主　编:崔钟雷　副主编:苗　青　陈　红

吉林美术出版社出版发行

长春市人民大街 4646 号

吉林美术出版社图书经理部（0431－86037896）

网址:www.jlmspress.com

北京朝阳新艺印刷有限公司印刷

开本 880×1230 毫米 1/32　印张 6　字数 130 千字

2009 年 11 月第 1 版　2010 年 8 月第 2 次印刷　印数 4000 册

ISBN 978-7-5386-3575-1

定价：10.00 元